我的抒情歐洲

陳玉慧

在我心目中，陳玉慧是當代最動人的散文家。
她的感思與文字總是讓我悸動，讓我在煩碌的生活中，
重新找回人的感覺，驀然想起「靈魂」這回事。

林懷民

雲門舞集創辦人暨藝術總監林懷民

冷靜、睿智、澄明的文字，把陳玉慧散文砌成一面冰涼的鏡子，
鑑照著歷史，反射著社會。
彷彿是抱持一種高度的疏離，冷眼注視動盪幻化的現實。
但是，在淡漠文字背後，卻隱藏一個溫暖柔軟的心，
熱切擁抱著生命與生活。
成熟的散文技藝，帶給我們不是浮面的情感，
而是豐碩的旅行經驗與精采的知識探索。
陳玉慧這位台灣女子開發了富饒想像的空間書寫，
使我們與世界展開對話，使台灣不再是寂靜封閉的孤島。

陳芳明

政治大學台灣文學所所長陳芳明

〈代序〉

鳥如何看見樹林

神祕訪客即將來訪，我開始以訪客的眼光來打量自己及所在。那眼光並不是我一向的眼光，我很可能從來沒那樣打量過與自己有關的一切，一直到那個訪客的出現。那眼光其實也不能算是訪客的眼光。那是我想像那個訪客的眼光。

那是我想像別人如何看到自己的眼光。一種虛擬。我描寫的都是虛擬情境。如果我深思，幾乎大多數的寫作都是情境的虛擬。我想像鳥如何看見樹林，我想像別人如何看到我如何看到那隻鳥。或者魚，又或者沙漠。

又或者人生。

又或者，我和某人一起去看電影，在電影情節中，我突然想像他如何看待那電影。我想知道他是否像我那樣看待電影，我想知道他的眼光，想知道他看到了什麼。

也許正像普魯斯特，他一直想化身那些服侍沙龍貴婦的僕役，他想知道那些貴婦不爲人知的生活。他開始像僕役一般，想像那些貴婦的人生。

我也有化爲「第三者」的渴望。以第三者的角度觀察自己。我想記錄下我和別人說什麼，做什麼。我想記錄那些發生或進行中的話語、姿態和動作，或者說，我和別人在生活中共同具有的樣貌。基於這些理由，我決定寫另一種日記，我的計畫便是像「別人」那樣觀察我自己，我這個人。

寫日記很簡單，因爲已經寫過太久的日記。但這次卻不同，我改變了我的眼光。過去，我有一種旁觀的態度，我小時候便那樣看人生，我看路邊歌仔戲和布袋戲，我看，我也走開。冷冷的眼睛，但心並不冷。

我看著父母婚變，他們幾年後又復合，我讀著一些讓我熱血澎湃的書，我把那些書擺回書架，幾年後，又取出來讀。我看見，我和朋友走在一起，隔幾年後，有幾個人走不同的路，愈走愈遠。我看見，我一個人在寫作。

只是現在我必須更像旁觀者。儘量要求客觀準確。最好只要描寫外在行爲，當然，有時我還是忍不住「主觀」地寫起內心思維。我以爲，我用那種儘量客觀的寫法，有時好像也達到了我自己所稱的「外在現象描述的客觀性」。

舉某一天的日記內容爲例：二度出門散步，下午三時是從大門左邊出發，晚上十時是從大門右邊出發。

我用三個句子來描述那一天。我以爲只有那三個句子才能客觀地描繪下那一天的生活。那三個句子外的人生因此可以被想像下去，不必我再囉嗦。有時我的日記甚至只有一句。正因不喜歡囉嗦地寫，也不打算抒情地寫。很可能就是因爲我是重視細節的人，而寫作經常是我抒情的方式。我打算反其道而行。寫日記時，我於是更清醒、安靜，甚至無言以對。

但有時，卻也無可避免違反初衷地描述起所有的細節。當我這麼做時，某些日記因此便開始有短篇小說的架構，因爲小說需要的正是人生的細節。後來我回想，我其實更想寫詩。

總之，我那麼寫了兩、三年，帶著那本海明威和英國作家布魯斯・恰特溫也用過的小筆記本。黑皮封面上有一個白框，我在白框內用鋼筆寫下：德國日記。因爲這些年我都住德國，而我到哪裡都會拿出來記著，兩、三年內總共寫了四本。在飛機上，在餐桌前，在旅館房間，在路上，我的確站在馬路街頭那般地記錄著，那是在我的歐洲特派員工作之後，在我的旅途當中，有時在半夜的睡夢中，我醒來只爲了記上一筆，寫完又睡著了。直到有一天，我發現我的日記場景經常是診所。我發現我的身體病痛已不能再使我客觀地記錄什麼。於是才停了下來。

也許我並未客觀地記錄過什麼。但是我至少儘量要求某種客觀。我的意思是，無論事情發生了沒有，或者如何發生，我更想記錄的是外在形象如肢體和語言，而不是內在活動。但是我已明白，外在行爲正是內在思維的反射，記錄外在便是顯露內在。正因如此，我現在更清楚知道，這是寫作的鍛鍊，在假設的領域和範圍。

我也問，所謂的「第三者」的眼光，是什麼眼光？是像造物主那樣的眼光嗎，全知及全能？不，並不是。還是天使那般的眼光，甚至惡靈？應該都不是，不過，那是一個無關緊要的第三者嗎，還是一個至爲重要的第三者？

在一個攝影師朋友給我看過挪威畫家 Odd Nerdrum 的作品後，我開始明白：「第三者」的眼光，便是創作者自身，也便是人類靈魂，那是因爲創作者同理與同情，而且處於永恆的現場，也因此得以「看到」，而正因爲看到，那眼光使創作者見證並創作下去。並且活下去。

我曾經那麼希望自己便是那第三者。

（二〇〇一）

在殘酷與甜美之間……

在疏離與貼近之間……

在得到與死亡之間……

在殘酷與甜美之間……

當時的熱情和決心全來自靈魂的飢渴，

我飢渴如魂地遊走在劇場之間，

是因為心靈中對真與美的渴望……

那些殘酷及甜美的日子

回想起來，在巴黎學戲劇的日子對我的人生意義重大。八〇年代初的巴黎，對少不更事的我是一場嚴酷的考驗，是這個具有獨特個性的城市而不是別的城市，讓我了解及面對自己。讓我知道人必須面對自我才可能擁有眞正的個性。這個城市讓我學習獨處，讓我欣喜也讓我落淚，讓我與過去成長歷史決裂，也帶給我許多關鍵性的知性收穫。而這些考驗都是從巴黎戲劇學校開始，我後來常有意不去回憶那段孤獨的巴黎時光。

現在我必須回想，多少個孤單和多少個甜美的日子啊。多少個日子，我滿心是追求授業的熱情和學習決心，那麼年輕固執，還不知道世界的重量，及人生的重量。我滿懷情感，一心一意向前獨行……，很快便選擇了戲劇。

那是因爲在龐畢度文化中心廣場看到了蒼蠅鳥劇團（l'Oíseau Mouche）的演

出，一群蒙古症演員的默劇，默劇其實從來不是我的路，但那群蒙古症演員的表現卻打動了我。之後，我從巴黎一路跟到法國北部里耳市去拜訪劇團，並與他們同住了一段時光。我當時並不知道，召喚我的是一種信念，而表演便是從相信開始，只要你相信，那便是眞實。演員從來沒有任何工具可以承載其藝術表現，除了身體，除了你自己的身體，而若非出於自信心，演員不可能傳達任何力量。

當時，剛剛從中文系畢業的我決定重起爐灶：學習戲劇，並且由表演開始。應該提的是，表演對我（這樣內向自省的人）之挑戰簡直不可言喻，一場華麗但困難的冒險。起死而後生，一切從自我認同開始，學習表演在當時便是學習建立自信，「如果你都不相信你自己了，誰會相信你？」我進入了賈克．樂寇學院（l'École Jacques Lecoq），在那裡學到了可貴的表演知識，在多年後的今天，一些美國（如科羅拉多州）大學將樂寇學院的課程列入表演碩士學位，我深信這是明智的決定，樂寇是最好的演員學校，另外一個好學校則是生活本身。

有人曾經問過我在樂寇那裡學了什麼？我的回答總是很抽象。學會演一張被揉搓並扔掉的紙，或者在油上煎熬的荷包蛋。我學會觀察，學到模仿的重點，最重要的，我學會身體動作在舞台上展現的要領，尤其是藝術創作聯想的可能，注意到想像力的無限力量，學會戲劇的合時性（Timing），這些技巧對廿歲出頭的我具有極大的擴張能量，我也在學表演的過程中學會法文。

學校費用昂貴，但我眞是不後悔，白天上課晚上打工，夜以繼日，學習表演讓我知道一件徹底的大事：因爲知道表演是怎麼回事，我確定自己的人生志業將不是當演員。演員訓練改變了我的人生節奏，增強我的戲劇閱歷，在後來的人生中，我寫了許多東西，也導了許多戲劇作品，而學過表演這件事一直是我的風格，人生便是一場表演，生活便是奧古斯多・波樂楬櫫的無形劇場。

八〇年代的巴黎是西洋戲劇文化重鎭，眞是精采有之。我在街上走路遇見貝克特，在劇場化妝間看到卡繆的情婦（廿世紀法國最重要的女演員之一）卡瑟瑞絲，在博物館與彼得・布魯克交談，訪問了在巴黎演出的羅伯・威爾森或碧娜・鮑許，甚至上台演蟲（卡夫卡《蛻變》）的波蘭斯基！我喜歡巴提斯・謝候（Chéreau）作品透露顯現的文學和戲劇性，對彼得・布魯克最爲佩服。好幾個法國演員如皮可利（演過高達電影 Mépris）或基哈度都有精準無誤的合時性，準確地令人驚嘆。辛加諾（Zingaro）結合馬術和人性的詩意劇場令人回味無窮，連莒哈絲也把自己的文學作品搬上舞台，有力地掌握憂鬱感性的基調，毫不含糊。

在不同的法國和西班牙劇團實習觀摩，對戲劇表演的形式問題有更深的體會。演員眞誠與表演眞誠永遠是兩件事，表演即是形式的選擇，也是內容的表達。而陽光劇場阿依安・慕娜斯金（Ariane Mnouchkine）最與眾不同的便是她的魄力，是她的個人氣質使得作品氣勢磅礴。西班牙的「喜劇演員」劇團最獲我心，我常遠途從巴黎到巴塞隆納去拜訪，該劇團經常戶外演出，劇場結合了卡達朗地區文化特色，舉凡宗教節慶、嘉年華會及民俗街頭表演都能一舉網羅，生動而且戲劇性十足，是我看過最能與觀眾互動的劇場。

而在回憶那段巴黎學習戲劇的時光中，我逐漸明白了一件事，當時的熱情和決心全來自靈魂的饑渴，我饑餓如魂地遊走在劇場之間，是因爲心靈中對眞與美的渴望，而那樣的追求在巴黎這個得天獨厚的城市展開，應該是幸運的吧。

那麼多年先在巴黎，爾後在歐洲其他城市，而巴黎的時光永難忘懷。

（二〇〇二）

面具之後的祕密

到今天我還是說不上來，爲什麼當年在巴黎死命都要進入賈克・樂寇演員學院。對我這樣一個害羞、沒有表演天才的人而言，在學校的每一分鐘都是折磨也是人生挑戰，在那裡我度過一段年輕、苦澀但毫無疑問也是精采的學習時光。

那時的我非常富有：我學到如何以身體出發去觀察萬事萬物，以感官的立場及想像去明瞭生活。若非在那樣演員學校，我永遠不會確定：我其實完全不適合當演員。

但從此，任何演員的表演再也逃不出我的眼睛。我尤其對表演的張力及時間控制的準確性有敏銳的感受，我開始明白，人的身體不但擁有記憶，也擁有一種能量，你可以在適當的時機去開啓它。

第一次聽到賈克・樂寇的名字，是在法國戲劇導演阿利安・慕娜斯金那裡，她曾是他的學生，認同賈克・樂寇的演員表演訓練；你表演一個誠實的人，跟你在台上以及你是否誠實完全無關，而是一種技術，你必須讓觀眾明白你是一個誠實的人。

賈克・樂寇是廿世紀末與果多夫斯基（Jerzy Grotovski）並存的兩大表演學派創始者，但他不如果多夫斯基有名，也不像果多夫斯基那麼激進。賈克・樂寇訓練演員注重啓發演員的想像力，而果多夫斯基則以縮減至最有限（貧窮）的形式去激發演員的潛力及原動力。

曾是運動員的賈克・樂寇對身體的反應力有獨特的了解，他發明一套以大自然、動物及各種存在元素的模仿過程，訓練演員的想像表達，此外，他長期研究義大利喜劇的面具演出，將面具的表演視爲模仿能力最重要課程，除了面具表演，還要求演員製作面具，明白面具的可能；每一個人都戴著面具，戴著一副他自己看不到甚至自己都不太清楚是什麼的面具。

而藏於面具之後的祕密究竟是什麼？

來到賈克・樂寇學院的學生不一定都只想當演員，很多建築家、雕塑家甚至音樂家都前來受教，因爲樂寇的課程對元素的分析、大自然的模仿以及旋律的掌握有獨到的見解，在他的課程中，連一幅畢卡索的抽象畫都可以透過身體再重現複製，樂寇學派不只在戲劇界，在巴黎藝術界也有深遠的影響。

賈克曾在上課時說過，「我從來不限制學生做什麼，你們可以自由想像，但我只要求一點：偶爾必須靜默，因爲只有靜默才能明白語言的力量及背景。」雖然，樂寇強調靜默，他的靜默與默劇的呈現大爲不同。他其實終其一生都不太喜歡默劇（Mime）的形式，他在課堂上學默劇演員走路，他走著走著，然後問我們：這樣到底要走到哪裡？

賈克．樂寇從日本能劇得到重要的啓示，他的靜默之說深深影響了許多西方重要演員，從七〇年代起，全世界有志舞台劇的演員從各地前來拜師於他，他的學生廣布於各國劇團。果多夫斯基與他相繼逝去，令人嘆惜兩大表演學派的式微。

至於我，我仍然對詢問面具之後的祕密深感興趣，我仍常常想起過去上課的時光。

（一九九八）

解讀巴黎

波東斯基曾經是我的鄰居，有一次他說：巴黎鐵塔大而無當，但只有巴黎才會出現這種大而無當之美。波東斯基是一個在現代藝術界鼎鼎大名的人，住在巴黎郊區的現代洋房，養了一屋子貓，爲了展覽奔波世界各地，經常不在家，但他明瞭這個城市所涵蓋的「大而無當」美學和意義。

巴黎正像她的象徵艾菲爾鐵塔，是一個意義之城。她不像柏林無法逃避歷史苦痛和傷痕；也不像羅馬，重重覆蓋著古代的輝煌和毀敗；她更不像挑戰時代尖端的紐約，或者敢於觸發禁忌既狂又狷的倫敦。她的渾沌或混亂（Chaos）是獨一無二的，她緊張而敏感，卻極端鎮定，而且並沒有多數亞洲城市所帶有那麼一點海市蜃樓的迷惑，巴黎像沒落的男爵寡婦，巴黎像瀕臨絕種的動物。你去過巴黎周邊的郊區（Banlieue）嗎？巴黎的郊區破舊而醜陋，近乎絕望。巴黎郊區的存在，似乎只為了不打擾巴黎的優雅從容，以及襯托巴黎的高貴和繁華。

巴黎是詩意之城，適合路過的詩人，或閒逛者，不適合失意落魄的人，也不適合久居。巴黎適合思索、歷練流浪。而巴黎彷彿在說：路過是性感的，是後現代的，閒逛者爲類型學或結構主義提供良好註解。巴黎不是一個直截了當的城市，她不平滑（到處還有供馬車行走的石子路），永遠拐彎抹角，她比較適合當情婦，更甚於妻子。久居巴黎只會沾染寂寞和孤獨，巴黎人帶有隱居者對人的潔癖，巴黎人臉上有一種因深沉憂愁而產生的不經意之苦痛，他們以冷漠的表情掩飾著，彷彿是一種對寂寞的極端嫌惡，這種嫌惡的感染力很強，巴黎人沒有好脾氣，但巴黎人以禮貌表達他們的抗議，對人生和憂鬱的抗議。

巴黎是電影之城，一個充滿無窮想像力和希望的城市，一個發明電影的城市。一百年前，盧米埃兄弟在這個城市放映人類第一部電影，火車衝著觀眾的方向駛來，嚇跑了當時無數觀看的人。今天在巴黎，每天都有數百部電影上映，在這裡看電影像參加一種人生儀式，巴黎的電影觀眾有別於世界其他城市的電影觀眾，沒有人中途進場，沒有人吃爆米花或零食，沒有人敢在放映電影途中與鄰座交談，如果有人敢這麼做，立刻會遭來大聲的「Chut」（噓）巴黎的電影觀眾熱情、嚴肅，有文化修養，對電影就像對紅酒一樣挑剔，巴黎人將電影當成古典藝術一般崇拜著，只有巴黎才會出現《電影筆記》（*Les Cahiers Du Cinema*）。在旅遊業仍不發達的年代，很多人從法國電影去認識巴黎，他們所了解的巴黎是虛構的巴黎，只有巴黎才符合那種虛構的美。

巴黎是觀光之城。同時是一個販賣懷舊和時尚的城市，象徵Belle Epoque的蒙馬特，土魯斯．羅迭（Toulouse Lautre）醞釀靈感之地，艾笛．皮雅芙（Edith Pief）、Josephine Baker和伊夫．蒙東（Yves Montand）的舞台。散發無聊文人氣息的拉丁區，每天都有人專程坐在聖傑曼或蒙巴納斯以前老派文人喝咖啡的位子上，在香榭大道上充斥著東南亞來的採購團，採購像朝聖。巴黎是荷馬史詩《奧德賽》中的女魔，你來到巴黎，你情不自禁地受到引誘。巴黎是競技場，是馬戲團，是一個精緻絕倫的超級市場，你走進巴黎，你成爲商品的一部分。觀光客不斷以驚人的暴力破壞巴黎景觀，但政客和商人也設法以金錢重建巴黎的夢幻。

巴黎是欲望之城，巴黎是一個欲望的花園。是三〇年代羈浪的地方，是Ville D'amour，一個不耐寂寞的城市，一個猥褻和開放的城市，每個街頭角落都有尋覓愛情的人（Dragueurs）。巴黎是個性愛神話的發源地，一個最容易邂逅的搖籃。亨利．米勒難以想像今日的巴黎，性愛販賣電腦化及數位化，你可以立刻撥36××-Bisoubisou，或者36××-Adrenalin11來滿足肉體的空虛，誰管你的靈魂？Clicy大道上到半夜都賣熱騰騰的牛角麵包，然後你可以在緊鄰的酒吧看陰陽人色情秀，無論異性戀、同性戀或女同性戀或雙性戀者甚至色情虐待狂都可以各得其所，不然是八十法郎的Pigalle，坐在仿凡爾賽宮的沙發椅上，看女人在地板上自慰。布隆尼森林裡，妓女像野生動物園的動物，開車的人下車在樹後草地交媾，還有聖丹尼街，都是那些走過街上提公事包下班的男人，瘦小的突尼貨店老闆，高壯的水手，尾隨光著身體只披一件毛皮大衣的女人上樓。古老建築瀰漫著欲望的煎熬，都是人的味道，但人的味道最臭，巴黎充滿並且聚集著欲望之氣，偶爾夾雜流露名牌香水味，那混合氣味很難揮去，也揮之不去。

巴黎是孤獨之城，巴黎是一個憂愁的城市。巴黎提供但巴黎也索取，巴黎裝模作樣，讓人疲乏，但巴黎也令人想念，無法拋棄。巴黎是一個會讓你在婚禮中哭出來的城市，是一個會讓你和你的心理醫生吵架的城市，是一個隔絕的城市，不同的移民各自擁有自己的重鎮，他們在街上建築鄉愁，把店就蓋成他們想要的樣子，賣他們想賣的東西，他們在自己空間裡找回自己童年的夢想，他們在隔絕中建構幻想和人生。記憶如細菌與水，也四處流淌，也如愛與病。就像波特萊爾的憂鬱眼神，就像莫泊桑坐在艾菲爾鐵塔上喝咖啡，只有在巴黎鐵塔上，你才能把鐵塔忘掉，把巴黎忘掉。

但巴黎絕對令人難忘，巴黎就是巴黎，有時令人情不自禁，有時令人傷心欲絕，更有時令人欣喜若狂，血脈僨張。但很多時候，巴黎令人感到淡淡的悲哀，那是因爲生活令人悲傷，而巴黎無情地向人顯示人們的各種面目及永恆眞理。

（一九九七）

亞班諾來的女子

要說對義大利亞班諾溫泉區最深的生命印象，除了那裏在身上的火山泥漿（Fango）外，一定就是那位亞班諾女子了。

她是我的物理治療師，體格高大，像個年輕強壯的母親。那母親的形象在我離開亞班諾後才愈來愈明晰，也要等到我離開她後，我才清楚，原來我如此嚮往一個知道生命責任並且勇於承擔的母親。而這個亞班諾女人只是要來幫助我重新接近水，亞班諾溫泉（Abano Terme）從羅馬時代便以治療疼痛遠近聞名，亞班諾（abano）這個字義便與疼痛有關。

爲什麼我需要一個治療師來幫助我接近水？十幾年前的一個夏天，我曾經在台北一處深水游泳池裡差點窒息，或者我潛意識有意自殺，那天下午，我直直走進游泳池裡便跳了進去。從此我不再游泳。

幾年來我飽受牙關節疼痛的折磨，一位德國醫生說，妳該去亞班諾。我以前完全不愛惜自己的身體，現在已無那種自我毀滅的傾向，但仍然欠缺足夠的身體意識，我的思想不認識自己的身體，我的身體裡住著一個孤獨及頑固的靈魂。

亞班諾來的女子問我，爲什麼想做水治療？我說，有疼痛問題。不，不，她立刻更正，妳沒有「問題」，亞班諾來的女子輕輕地笑了，她一聽到問題這個字便笑了，她有的是義大利人的幽默。妳只是不知道如何享受。水治療要讓妳重新發現樂趣，而非解決問題。如果妳找到身體的樂趣，妳便找到生命力，妳便會健康。我是如此地驚訝，是的，她怎麼知道？我從來不敢多想感官和享樂，享受這兩個字如此不適於我，只要我一有那樣的傾向，我便立刻告誡自己不能墮落或耽溺。我活得像斯巴達教派，或者像苦行僧人，我同時也是自己的嚴格父母。我的確常常懲罰自己，我像我的父母對待我那樣對待自己。我必須不停地工作及求取進步，我只能對自己不滿意。

這個女人的臉孔像俊美的義大利美少年，像米開朗基羅的雕像，她也有那樣的鼻子，總是將金髮一絲不苟地盤在頭上，看起來像李芬史達爾拍攝的奧林匹克運動員。她說她來自亞班諾，問我的家在哪裡？我被這個問題問倒了。她並不是問我來自何處，我怎麼會不知道她在詢問一個有關心靈（是的，心靈）的問題呢？

那時我們站在亞班諾的麗茲溫泉旅館的水池裡，她準備要開始為我做水治療（Aqua Healing），冬天下午的陽光透過屋頂上的玻璃射在水池上，水影淺淺地浮動著，我不知道該如何回答她，只好報以微笑：我來自海島，住在德國，然後我說，在一些無法安靜自處的時候，我確實也問過自己：家在哪裡？

家就是令你感到最自在的所在，她說。我後來想，是否應該告訴她，我的家就是我目前的書桌，麗茲溫泉旅館 214 號房，我的家便是我的電腦和那些回及未回覆的電子郵件，還有那幾本隨身的書。我的家就是我正在書寫的地方。這個讓我自得其樂又苦痛的地方。

而離開台北的家已如此之久，十年二十年就這樣過去了，就像昨天下午短暫的散步，我躺在水上時閉著眼睛想。

昨天下午在亞班諾附近的丘陵（火山爆發的溶漿堆積）遇見兩名修女，蜜蜂修女，並與她們談話，她們在修道院後面養蜂，在修道院邊間賣蜂蜜，她們的蜂蜜有機及純正，商標上這麼標明，但修女也說，雖一切有機經營，但不能保證蜜蜂的去處是否如她們所望。你怎麼能限制或知悉蜜蜂的去處呢？她們的蜜蜂去了城市裡許多地方，最後回到這裡釀蜜。那樣的下午我的心像修女們那麼平靜，但夜晚卻做了噩夢：我必須與男人分租房間，那房間是如此幽暗，使我幾乎不想回去。不必問佛洛依德，毫無疑問，那幽暗房間象徵的便是女性的身體。我的身體。

那二十年中，一些日子我也曾全然被喚醒，夏天的時候在史坦伯格湖划船，想像康丁斯基和他的藍騎士同伴及情婦如何在這裡生活，天空有那種他們在畫布上調不出來的淡藍，湖水是那種只有湖才該有的翠綠，我像唐朝詩人那樣感覺到大自然的純粹與天人合一，但那時我的朋友全不在我身邊，孤獨感使我必須回去寫作，那種對大自然的敬畏便是歌德和侯德林說過的至上美感，人類便是爲了那美感創作，就算我只是在回信給一個人，但是我必須寫，必須和別人分享（還有其他的同義動詞嗎）我感受到的一切。我經常覺得寫作像祈禱（卡夫卡也這麼說），卡夫卡千眞萬確，那些文字確實像祈禱文。和冥冥之上的對話。

而歐洲的冬天是如此長，歐洲的冬天使我出門走路時總不自覺加快腳步，我縮著身子在雪地上快速地走，雖然喜歡在雪地上走，但一些時候，我卻有一種奇怪的感覺，我跟從自己的腳步，彷彿自己也不知道要走到哪裡，彷彿自己被什麼操縱？

很多時候我迷失了，很多時候，我把時間殺掉了（我同意英語的用法），像一些無能爲力的母親不要她們身上的胎兒，或像暴風雨不理會花朵或流浪漢。我在一些人生時刻昏睡。出入許多機場火車站，轉身轉車或轉機，或者在不同城市裡認路標，到市場走動，買魚買菜甚至買生火的木柴，坐在花園喝茶，或在啤酒園曬太陽。我常常有太多想法，那些想法愈來愈分岔，像河流一樣分歧，沒有辦法匯合統一，一些時刻我似乎也覺得沒有什麼必要，僅僅活著，這便是我的主題，除此無他（唯有在這件事上我再也不能虛矯及妥協了），這也是我的寫作主題。

但也許我逐漸陷入想像的泥淖也不自知。我被太多想法緊緊拉扯困住，就像阿依安在迷宮。我身邊的人也曾帶著笑容說，妳怎麼就這麼不安寧呢？是啊，我怎麼就這麼不安寧呢？是誰的旨意和法律要我這樣活著。而那麼多想法就是不會棄我而去。糾結，安慰，恐懼，驚奇。

我的心裡上映著一齣一齣電影，永不停歇。

但如果我是希臘神話裡的阿依安，文字便是我留下的紅線，我留下紅線，爲的便是找到生命的出口，但我忘記了一件事，我不需，我一點都不需那麼急著找尋出口，我和自己辯證：生命只是爲了留下痕跡，不是爲了尋覓出路。以及：沒有出路，現在便是出路。沒有更理想的人生，現在就是理想的人生。

更多的時候，我都在心裡默唸著塞尚的句子：我必須加快，一切正在消失中。我曾經坐在他在普羅旺斯的工作室裡，望著窗外的樹景，並想像房間裡的情感和光線的張力，或者那正是時間的張力，我必須加快，一切正在消失中。

然後我病了，我的身體向我發出抗議。我才發現，我的身體並不歡迎我常感受的憂愁和不安。我未善待身體，但我並不自覺，母親並未教過我，她是第一個愛我的人，十八歲離開家，從台中來到台北，祕密地與阿山仔軍人訂婚，很快懷了孕，既恐懼又幸福，她的確想過不要讓我來到人世，但那不是她的錯，她自己當時仍然是個孩子，並未眞的告別自己的父母。我只是不知道，那十個月，我是如何在一個有自毀意願的母親子宮裡存活下來呢？我多麼渴望她的愛，又多麼憎恨她，在後來的人生中，我也幾度認爲，她給了我生命，但她也幾乎毀了我。

而此時此刻，耳邊亞班諾女子的歌聲使我進入一種幻境，彷彿自己重新回到母親的子宮裡，在歌聲和她輕柔的動作中，我已擺脫了許多無謂的心思，我開始覺得安全和舒適，母親是愛我的，但是她自己充滿恐懼，她還不知道如何保護她的孩子。我突然也升起一種感受：我可以自己保護自己。我有能力保護自己。

亞班諾女子在水中抱著我，我閉著眼睛，感覺得到陽光和人影在眼皮上交會成各種顏色，女人唱完一首首的義大利童歌，她輕輕地搖著我，我不再感覺任何重量，地球的重量，生命的重量，歷史的重量，全都消失無蹤，好久以來不曾這麼輕鬆，那是一種回到家的感覺，我不想開始也不想結束，時間在那一刻完全不存在了，我沒有壓力，沒有過去也沒有未來，只是活著，我可以自在地活著。

水，現在是妳的家，這便是今天的課程，亞班諾女子在治療結束前這麼告訴我，說來奇怪，我在那一刹那間也覺得自己重新活了過來。對母親沒有悔恨，完全沒有了，只要我回到水裡。

母親生下我後將我留在外婆家，我六歲前由外婆撫養長大，外婆並不歡迎我，我從小便沒有家，我不知道如何愛惜自己，母親與外婆自己也不知道，她們不知道如何愛別人，因爲也沒有人愛過她們。

亞班諾來的女子眼神裡都是關心，她說，希望妳能發現更多生活的樂趣。我的確已重新發現了樂趣，水，現在是我的家。她的話是至理名言，自在的地方便是家。我已回到家了。我不再漂浮，已經抵達。

在亞班諾停留了十天，每天與亞班諾的女子固定做治療，離開溫泉旅館前在大廳前遇到她，她正在與一個看起來像義大利黑手黨的黑髮男人說話，那個男人曾與我錯身而過，一個看起來並不溫柔，隨身有兩位保鏢陪伴的中年男子，我曾看過她在水中抱著他，而那時他的臉卻像嬰兒入睡那麼安詳，現在那個男人和她說話，表情只有仰慕和依賴。她並不是我的母親，但給了我母性的能源。亞班諾的女子對我說，她也住在麗茲旅館，但她喜歡騎馬和旅行，她不常在家。

離開她後，我想起以前的恐懼，我一直有告別母親的恐懼，我一直無法信任或依賴他人。以前我擔心自己無法離開母親存活，後來我擔心母親無法離開我而存活，以及母親將逐漸逐漸地衰弱下去，我從母親身上看到我自己。從來我以為自己一生在尋求一個父親，但我更需要母親，以及與母親的和解。

而在亞班諾，我終於告別了那些恐懼，覺得自己可以好好地活下來。

（二〇〇四）

掀開俄羅斯娃娃

來莫斯科已經七天了，還沒遇見一個有靈魂的人。我站在科突卓夫斯基街上，心思空洞，我覺得自己似乎就是到處都在販賣的那種俄羅斯娃娃（Matroschka），軀體內總是隱藏著另一個我，生命已成爲一個謎題。而我現在在莫斯科，剛剛忙完採訪的工作，獨自一個人站在俄國總理府附近的街頭，地下道裡吉普賽人演奏的樂曲已瀰漫到街上來，我只有荒涼的感覺，如同讀完一本杜斯妥也夫斯基，任何一本。

走過一個車站，決定搭乘一段，不管到哪裡。問一個正盯著站牌標示的女人如何買票，她的回答使我笑出了聲，她以英文說：我也是外星人。我喜歡這個說法，雖然我知道她只是用錯字，她想說她是外地人，卻用了 Alien 這個字。我默默地唸著，外星人，沒錯，我也是外星人。

九月的莫斯科天氣溫暖，他們說就像遲暮美人，今天在早餐室碰見的澳洲女人說她無法想像這個城市的陽光。「這是一個非常不友善的城市」，我坐在電車上看著窗外的莫斯卡瓦河一邊追想著她的看法，河邊是九三年被坦克轟過的總理府，上過白漆顯得特別亮麗，幾年的差別只在於外面的顏色，或者制度的名稱？爲什麼莫斯科人如此沉默，以及如此冷漠？他們似乎在等待戰爭或者饑荒的來臨。我走入車廂彷彿走入梅耶侯德的劇場，現在正在進行的是絕對的戲劇張力，沒有任何人交談，沒有任何人發出笑聲，電車上通報站名的錄音聽起來很破碎，我不確定是不是有人知道他們在哪一站？或者他們究竟要去哪裡？

在國會下車，在這個著名的國會，俄國人叫Duma的地方，一些持共產黨紅色旗幟的人正在抗議，就只有這些人，沒有人理會，我往左走進紅場，鐵欄杆還圍著，觀光客只能繞路進入列寧墓陵，我走進墓陵，繞過裝在玻璃箱內的列寧屍體，這個屍體到底象徵什麼？一件諷刺的裝置藝術作品，題目是俄羅斯的明天。在德國，所有的納粹標誌都必須禁止，而在莫斯科，史達林建築物上的俄共標誌卻一直留著，連外交部，但沒有人留意這些。所有與俄共有關的一切都還存在，以隱晦的方式存在，陰魂不散。

我跟著一群人走進克里姆林宮，年輕的導遊指著一棟黃色建築，喏，總統現在就在那裡辦公。然後他說，在這裡待過的人全是瘋子，不管是彼得大帝或恐怖伊凡，所有的俄帝都有精神病，包括葉爾欽。克里姆林是希臘文，指的是堡壘，全世界只有一個克里姆林宮，任何偉大的歐洲皇宮都沒有這樣的氣氛，神祕、動人，眼前的畫面正牽動著我的思維，可能是那金碧輝煌的洋蔥屋頂看起來便比哥德式建築更人性，可能那些受雇的義大利建築家或雕刻家也受到了俄國的影響，可能是天空藍得不一樣，更可能因為背景是俄羅斯壯烈淒涼的歷史宿命，「這裡是俄羅斯」，只願收取美元的旅館經理試著如此勸解我，而這句話像咒語一直在我心裡響著。

我不得不想起來自俄國的畫家夏卡爾或康定斯基，我不得不想起鋼琴家霍洛維茲。

幾年前在巴黎認識的娜塔莎，一個優雅有教養的中年婦人，因數學家夫婿而流亡異鄉，她常常因思家而淚流滿面，整天把自己關在房間裡，問她到底爲什麼？她說妳不是俄國人妳不會明白，無論妳多恨那裡，妳的心注定跟那個民族綁在一起，逃也逃不掉。霍洛維茲五十年後回到莫斯科的那場演奏會都是誰去？我不得不想起那場演奏會，以及磁碟片上琴聲停止後的咳嗽聲。我不得不想起波修瓦，今天晚上又是誰去看昂貴的芭蕾？

是誰說的？在這裡只有神經質的人才能存活。不，那不是俄羅斯人的生存哲學，或者我錯了？俄國人每年平均喝掉多少億噸的伏特加？

只願意在家裡與我密談的銀行家說，俄國有一千五百家銀行，每天隨時都有幾家銀行宣布倒閉，他如此開始解釋俄羅斯的經濟問題，車臣來的黑手黨已控制了俄羅斯銀行系統，「到目前爲止已經死了六、七個銀行經理。」他說。而街上任何不知名的小銀行門口全排滿人，看板上開出來的匯率數字就像樂透揭曉的號碼，每天都相差懸殊，徘徊在隊伍旁的兩個男人問我：要換美金嗎？我搖搖頭走開，一個美國女人走過我身邊以小聲但斬釘截鐵的語氣告訴我：妳看到了嗎？那是假鈔，全都是假鈔。

我又來到紅場，幾個哈爾濱來的中國人正忙著拍照留影，遠處更多人，年輕的印度情侶、丹麥的退休公務員旅遊團，誰管俄羅斯的死活？他們只想留下照片，留下戳記，證明他們也來過一個被神詛咒的地方。我就站在紅場，我還在思索著謎般的生命，我究竟要走到哪裡？爲什麼孤獨的心靈總是那麼倔強、頑固、一意孤行？為什麼我總是這麼無可救藥地渴望接近眞實，眞實究竟是什麼？以什麼方式存在？冥冥中的力量又在哪裡？我是不是一向過於自大？我以為我可以實踐自我，我以為我可以活出我想活的樣子？而我如此微不足道。一個西伯利亞來的俄國女人與我一同站在教堂外，她望著教堂屋頂上的金十字架不停地喃喃祈禱，我想走過去與她一起祈禱，但我應呼喚哪一個神的名字？

我應為自己還是為俄羅斯祈禱呢？我移開眼光往前走，東正教士那低沉的歌聲讓我流淚。只有俄羅斯人才有那種低沉的嗓音，非常低沉，幾乎像沉悶的鼓聲。我不明白的是，無論是誰，無論誰說什麼，俄羅斯人都不在乎，沒有生氣，也沒有欣慰，沒有任何情感。在電梯裡碰見喝醉酒的貴族，沒落的貴族醉了只在唱歌，唱俄羅斯的悲歌。

也許就是這些悲歌讓我留在莫斯科。俄羅斯人雖然還未從過去的歷史走出來，但俄羅斯民族有一種別的民族沒有的韌性，這是悲哀也是榮幸。就像俄國太空人必須在米爾（Mir）外太空站修補他們先天的太空技術缺失，而且只有他們有這樣的本事，不論慘酷或溫暖，莫斯科令我難以忘懷。

（一九九六）

親愛的你

我已經把事情想過了好幾遍：時間只是幻覺嗎？還是破碎支離的語言？行動電話不斷地響，但沒有人去接聽，吉普車穿過紅燈頭也不回，我們站在兩千年前修築的城堡上，我們站在Durres的沙灘上。你再度問我：妳還是那一個人嗎？

這裡是阿爾巴尼亞總統府，坐在高高窗口的女職員問我：是不是第一次來提亞納？

然後她問我要了護照，填寫一張冗長的會客訪問單。她是第三個問我對提亞納印象如何的人，現在是八月初了，提亞納四處都是從德國淘汰來的七〇年代賓士車，到處揚起灰塵，一個走在我前面的男人吐了一口痰，我繞過他身邊繼續往前走，吉普賽女人抱著幼兒在街頭行乞，太陽熱得像二十年前台灣夏天。

我戴著太陽眼鏡穿過市區，這個城市簡單明瞭，但是卻有個祕密；你已經不是同一個人，你說你是義大利王子，我說我是成吉思汗的後裔，你從時間之流走出去，就像你走出一家旅館。我明白你，但我不盡明白你，你在那裡，但你也似乎不在。你的心思是一個無人的王國。你回頭問我，上次聽華格納是什麼時候，上次和一個陌生人談話又是什麼時候？

我可能無法仔細對你描述任何情節，譬如這個故事有個隨便潦草的開頭，她就坐在你面前，或坐在你身後，而你處在兩個女人中間，那是提亞納一個學校的畢業典禮，所有的阿爾巴尼亞政治人物全都出席，也都發表演講，「我們晚上將打電話到旅館給妳」，你走前這麼說。你經常使用「我們」作爲主詞，你說那是阿爾巴尼亞文的關係，「我」和「我們」的不同在哪裡？那幾乎是我們兩人全部的距離，不是深度，只是字與字之間的差別。我在房間裡，你在外面，你在趕赴機場的路上，而且你司機的妻子當晚難產，瀕臨死亡邊緣。

這個故事其實是同一個故事，只是敘述的語言有著不同的色彩。前言和後語有所矛盾，那是文字的性格使然，你從來不喜歡一致性，你在電腦上快速地打字，誰能那麼快地打字呢？而且是阿爾巴尼亞文。你說你只說無關緊要的事，你因爲疲倦而張開眼睛，你還不知道的是你擁有什麼樣能力，身體的接觸哪裡比得過思想的接觸？你自問。女人的皮膚像玻璃，而你的手掌如崎嶇之土，月圓那天，有人正越過提亞納的邊境，有人正越過科索沃邊境。

那時我們站在提亞納郊區醫院裡的迴廊，什麼人的父親病得非常嚴重，可能即將不治，而當兒子的人要去遠方，去義大利吧，然後去美國，他不再回來了，你說他永遠不會再回來了。

還必須讀一次卡夫卡給父親的信嗎？父親大人，您爲這個家辛苦工作了一輩子。還必須讀一次卡夫卡嗎？我的父親在島上飄蕩了大半生，他的女兒成爲無政府主義者，沒有臉孔的女兒，失去父土的女兒。我走過提亞納大學廣場，去年，民主黨集合在這裡示威，他們將坦克車開進了林蔭大道，並且對著總理府開砲轟擊。你指著總理府會客室牆上的彈孔，這是政治陰影重重的大廳，廳裡只有一群華麗的沙發，問候的話語在房間裡空洞地響著：你還要在提亞納停留多久呢？

今年七月中旬，阿爾巴尼亞民主黨人在罷會十三個月後，重新走回國會。那年無故死了一個民主黨人，但那絕不是社會黨政府的錯，相信我，今天晚上我想爲你安排一艘船，如果我們一起在深夜跳入大海，我便能洗淨一整年的罪，但是提亞納與 Durres 邊界上七個人發生警匪追逐事故，一架警察局出動的直升機墜毀在通往海邊的路上，那船再也不會出現。

你說，科索沃和蒙特尼哥羅都和我們站在一起了，馬其頓也是。大塞爾維亞主義激發起大阿爾巴尼亞主義，這些都是政客的想像力，是他們談笑時飛濺出來的唾液，他們被自己的想像催眠，他們進入了不同的歷史邏輯，但大部分的本地人已無黨無派，而且回教徒沒有你想像的那麼多。小時候我們在提亞納電影院只看中國大陸的電影，讀毛語錄，我們幻想著中國像我們幻想著女人，那使我們熱烈活著。使我們沒失去往前走的意志，沒有，沒有，正好相反，幻想使我們往前走，就像汽油使車子往前走，儘管我們還不確定往哪裡走。

我們還必須相信文字嗎？還必須以語言溝通嗎？還是神情？姿勢？你知道毛的晚年言行不一致，北約轟炸南斯拉夫時，阿爾巴尼亞駐北京大使館甚至遭到當地居民的攻擊，你們的幻想出現了歧路，你在通往古堡的山壁中丟出石子，回音逐漸不清，但是我們還必須談戰爭嗎？因爲失去立場，我必然沉默。你記得她第一次打電話給你的聲音，那是五月四日，你對她的記憶就從那天開始，然後，她在你的記憶裡醒來，她坐在你面前，她有許多提問，問題如穿過夢境的蛇，如古代城堡與城堡之間連繫的硝煙，你說你不同意這個說法：Quest is another excuse of living，你坐在竹林內，你回答得像個中國哲人，「問題便是答案，答案便是問題。」

這個城市有一種氣味，或者那就叫貧窮，貧窮有氣味嗎？驕傲有氣味嗎？山上那些野薰衣草香呢？海水的鹹味呢？在瞳孔中，這個城市的未來有一種形狀，你可以期待，你可以描繪，Yes today，Yes tomorrow，你可以從車子的窗外去看它，你一直從窗外去看它。

我們站在海灘上看著吉普賽歌者，他將一首悲歌獻給寥寥無幾的沙灘客人，他們三個明天要回科索沃了，今晚他們在沙灘上的違章建築前跳著舞，沒有女伴，只有沉重的腳步，吉普賽人唱完一首又唱了另外一首，那是我們的命運，孤兒便是我們的命運，他只能重複地唱著，他只會唱歌。電子琴伴奏音響調得如此嘈雜，幾乎連最遠的海鷗也聽得到，我的耳朵開始發痛，從那裡我再也聽不到海浪，我只會聽到我自己的心跳。我們坐下來點酒時，有人無意識地以手揮動著眼前的蒼蠅，科索沃難民乘車走了，車輪在濕沙上留下深痕，黑暗中的海岸線不斷地往後移退。

你看，遠方閃閃發光的正是拜占庭帝王若斯丁尼亞一世的城邦。我們注視著那發光的山坡小鎮，行動電話又響了，是誰在召喚著我們，不同的神祇可以互相對話嗎？如果時間只是幻覺，那麼我們看到的景象也一定是幻覺，以後我將如何紀念此刻的幻覺呢？你將如何回憶我們不知不覺地越過提亞納的邊境？

（二〇〇〇）

祝您旅途愉快

在前往史高比耶的奧航班機上，遇見許多彷彿第一次搭飛機的人。

他們應該是來自馬其頓的旅客，看起來友善，求生意志高昂，幾乎都揹著重大手提行李，但我沒與任何人說話。整個旅途中，頗有一番年紀的女空服員忙著招呼一大隊美國來的籃球巨人，我一直注視著窗外，飛機已越過貝爾格勒了，丘陵上的積雪未融，我回想柏拉圖所提及有關外在形象的思考，柏拉圖是希臘人還是馬其頓人？「我們已抵達史高比耶」，一名綁馬尾的女空服員在說完「祝您有旅途愉快」後，便直接從她的皮包裡拿出口紅塗在唇上。

飛機已安然停在沒有太多飛機的停機坪，我轉頭凝視著機坪上和平部隊駐紮的軍營，幾輛破舊的直升機停在那裡，沒有動靜，沒有一點動靜，天空晴朗得如同等著發聲的樂器。站在史高比耶機場外等待旅客的男人肅穆地猶如參加一場葬禮。那是希臘導演安哲羅普洛斯(Theo Angelopoulos)的「奧德賽注目」(Ulysses' Gaze)片中的人群，那是一群看過死亡和戰爭的人群，一群都穿灰色夾克的人群，他們迎接旅客像迎接沉默的神祇。

下午六時，史高比耶新建的亞歷山大宮旅館櫃檯黯淡無光，一位女職員終於出現，她打開燈，處理完我的住宿登記後，立刻又把燈給關了。這是離市區有一段距離的新興旅館，我坐在樓下的Lobby，等著和一個極可能在今年秋天成爲馬其頓總統的人聊天，走進旅館的他穿著一件運動T恤，猶如一個親切有禮的大學生。

我已經第二次來到馬其頓了，到目前爲止，我只遇見好人。

一名馬其頓中年女人說，我是她認識的第二個台灣人，十多年前在德國，她與一位蔣介石的後代住在同一個宿舍，那是她認識的第一個台灣朋友，她對台灣一無所知。她以懷疑的語調對我說，如果台灣商人不來馬其頓投資，馬其頓這個國家便完了，共產黨將回來執政，一切國家重建希望將落空，我不敢再看她充滿期待的眼神，Listen，欠，她總是如此稱呼我，她和很多外國人一樣不知道陳只是姓氏，她甚至不知道我其實也不姓陳，她怎麼會知道，馬其頓必須存活下去，她客氣但堅持地說，她的聲音像教堂的回音般響著，而我只想著我自己的牙痛。

Listen，欠，馬其頓女人又說話了，我喜歡聽她說 Listen 這個字。我常常喜歡傾聽。那時我們坐在史高比耶新興時髦的餐廳靠牆的桌子，幾個馬其頓樂師正圍著鄰桌的情侶演奏音樂，那是塞爾維亞民謠，但什麼歌都無所謂，前幾天，德國、英國的國防部長都在這裡，他們是來談馬其頓還可以放置多少北約駐軍，如何從馬其頓邊境監控科索沃戰火，「誰管巴爾幹半島的死活」，只要南斯拉夫戰爭和難民不蔓延出去。歐盟國家如何看待我們？馬其頓女人低聲說：「彷彿這附近有一場瘟疫」，和馬其頓女人一起來的朋友美貌驚人，楚楚動人的美女笑著說，她是一家航空公司的空服員，但仍然必須與男人睡覺才拿得到申根簽證。

這裡是歐洲。我每天都站在旅館窗前眺望史高比耶郊區的風景，我從來沒看過一隻鳥。一位年輕的馬其頓學生問我是否去過 Ohrid 湖？那是全馬其頓也是全世界最美麗的湖，他說。他的希臘朋友告訴他，馬其頓不該與台灣建交，不與台灣建交也可以做生意，年輕人傳述，而他認爲全世界都虛僞地對待台灣。而希臘到今天都還宣稱「只有一個馬其頓」，只有在希臘的馬其頓人才是眞正的馬其頓人。

古代的希臘人始終認爲馬其頓是蠻族，一群無可救藥的奴隸。但野蠻人馬其頓在公元前四世紀擊敗希臘人並佔領了希臘，在那個時代，馬其頓亞歷山大帝熱愛荷馬史詩，並受教於亞里斯多德。「馬其頓常在舊約聖經被提起」，馬其頓總理喬傑夫斯基提醒我，他說到馬其頓這個字充滿驕傲，看得出來他有極深的時代使命，他年輕、有為、一片赤誠，一心想帶領馬其頓離開貧困之境，簡直就像要帶領以色列人離開埃及的摩西，他熱烈地與我握手，並說，馬其頓不要免費的禮物，「我們最大的盼望便是貴國的投資」，台灣人對與馬其頓建交感到滿意嗎？台灣商人眞的會來投資嗎？他反問我，他的笑容眞切，而我沒有確實的回答，我頗感困惑地離開總理府。

台灣成為拯救馬其頓的鑰匙，台灣成為馬其頓的時代使命。坐在旅館咖啡座的兩位台商搖著頭，他們是首批做成生意的人，但他們不希望別的台灣商人知道這件事。而幾個馬其頓人已經問過我：台灣需要米嗎？馬其頓有最好吃的米。馬其頓國家建設部部長則對我建議，台灣可以投資各項建設，或者捐贈平民公寓，馬其頓只有兩百萬人，但其中七萬人無家可歸。或許比七萬更多。科索沃只有半小時車程，巴爾幹半島戰亂頻頻，台灣商人，你們在哪裡？

在法學院陰暗的辦公室，一位法學教授畢生研究三民主義，他以流利的法文解釋孫逸仙博士的偉見，他甚至在參加憲法改革會議時建議馬其頓政府按照中華民國憲法修改憲法，我坐在他的矮桌前接受他的馬其頓文贈書，盤算如何告訴他台灣的憲法才需要修改，但最終仍未說出口，彷彿有人在阻止我說話。

我沉默地走過市區邊緣。中共大使館已人去樓空，我猶記得中共女大使許月荷在馬其頓電視上不討人喜歡的發言，也許她必須如此，也許一切都必須如此，現在，中共大使館對面是台北外交部人員的臨時辦公室，他們認眞工作，他們總是認眞工作，充滿危機意識。有誰不知道薛西佛斯的故事？我一直走，一直走到希臘人開的大型超市，但我卻找不到我要的巧克力。

去土耳其市場時，好心的計程車司機說他可以等我，我不假思索便走開，我不知道要買什麼，也不想買什麼，我的樣子正像一個不耐煩的旅客，但除了我，這裡並沒有其他旅客。我已明白，我與任何人的關係都只具臨時性質，就像過夜旅館，既不可能當下離去，也不可能長久駐留，或者我是否應該用政治來譬喻：就像台灣與其他國家的邦交。此時此刻我意識到的是深切的無家之感，但是我已學會不再害怕，或者，我可以感到害怕，但我不一定要說出來。

我在市場裡繞了一圈，只買了一些贋品音樂卡帶，我喜歡贋品，因爲贋品可以隨時丟棄。我有丟棄狂。我甚至偶爾有將自己丟棄在什麼地方的衝動。現在我冷冷地走過橋邊，我找不到剛才那位司機，便坐上另一部計程車，當車子繞過市場後面時，我看見原來那名計程車司機，他還在耐心等著我，在這麼長一段時間之後。我立刻要求行進中的車輛停下，我無法解釋爲什麼，就在此時，我突然熱淚盈眶。

這世界上竟然還有人在等著我，不管是誰，不管是什麼原因。而我此時此刻是在馬其頓，遠在天邊的馬其頓。

（一九九九）

情感的名字

你走後，所有的聲音同時消失，空間不斷地擴大，我墜入遙遠宇宙的盡頭。我們的關係已成爲歷史，我把你的紙條塞入書中，那紙條上寫著你的姓名，我無法唸出聲，那是我的密碼，它將開啓我的靈魂。

我問你，還有更深的一步嗎？我似乎覺得這已經是全部了，我渴望進入他的靈魂，但進入靈魂太難，你說，靈魂只能短暫接觸。因爲靈魂從來都那麼孤單，靈魂很難去接納另一個靈魂。

你不知道我已經做了選擇，你成爲故事中的靈魂人物，你成爲我與這個世界的一種連繫。你步上我心中的舞台，你在一種無形中形成的導演佈局中尋找位置。你開始表演。

此刻你在驅往南方的車上嗎？還是在無法立刻宣布結束的會議中？戰爭發生

的時候，你打電話給我，在一個紛擾的辦公室下午，我以爲我將成爲等待出發的旅人，自由是什麼？你爲什麼從此感到受羈留呢？自從飛機離開視線之外？在氣味消失之後，你說，有一種關係沒有界限，沒有任何邊境。我稱之爲心靈活動，那是想像，所有的情感都是人類對生活的想像。在想像中，所有的事物都各自擁有自己的生命，你說時間是幻覺，所有的存在都是幻覺，那我怎麼解釋此刻呢？我怎麼說服自己深夜躺在床上卻睜開的眼睛呢？那重複多餘的房間踱步？那顆忐忑不安的心？你的名字夾在你送的書中，請爲我訂一張機票至吉隆坡？

和你說話有時正像和鏡子說話，和自己對談。雖然我沒聽見什麼，我只看到你在沙灘上跳舞，你喝下滿滿的一杯酒，你說，走向正常，就是走向瘋狂。而走向瘋狂，便是走向正常。我寧願和你談話，你說，但你不諳我所使用的語言，我也沒學過你的母語。你明瞭空白的本意，字與字之間的屬性，「語言就像交通工具，」你又說「它承載的不是意義。」我們既無法交談也不需交談。

我遇見你，這個句子是石頭還是寶藏？還有別的句子，許多句子都可以化石成金，我們想像陌生的詞句，像我們想像對方呼吸的氣息。那些字句有著某種魔力，某種重量，落在心裡時會發出聲響，我們在聲音的版圖遇見對方。

你用耳朵辨別情感，我很可能是眼睛。你從聲音開始認識一個人，「我可以爲你做什麼嗎？」我像醫生詢問病人般地詢問你，我們老坐在花園的那張桌前喝咖啡，誰告訴我們什麼事能做，什麼事又不能做？我無法改變生活，你走後，我們共同活過的生活會像一個等待切除的身體器官，或者像多餘的傢俱，我將如此活下來，也將如此死去。人怎麼可能活得那麼老還像個孩子？你怎麼這麼年輕就經歷了這麼多？我分不清你的意圖，但誰在乎那些，我只在乎你熱切的目光，我只在乎你的孤獨。我終於認清自己只剩下個人傾向。

我成爲一個沒有立場和理想的人，我成爲不幸福的人。

每天晚上我都在陽台上留步，只有那個時候我回到自己。我認爲大部份的人大部份的時候只活在自我中心，但我沒有權利審視你的生活文化，無論保守或偏執，你說「你對全世界誠實，就只對自己不誠實」，你將你的西裝褲吊掛在辦公室的衣架上，你的內在則無法一攬無遺，但也並非那麼令人費解。

我願意活得跟你一樣長，但不願接受思考的折磨，我曾經以爲，你已經激發出我的靈感，我得暫時依靠你繼續想像下去，像黑暗中的山路，我赤腳並依隨你行，我知道我可能會抵達一個我沒去過的國度。你應該知道淚水有時和快樂的性質無異，你應該知道我並非時時都那麼自信，而你的表情也逐漸僵硬緊張，究竟誰是理想主義者？又是誰賦予我們情感生活的規模和意志？

事情也很可能是這樣：只有虛構這一切，才能逃避毀滅。我總是在下午的時候特別慌張，我只能繼續虛構下去才能安靜，我需要無比的勇氣和想像力，否則就是一種喚醒自己的力量，我總是不夠清醒，如何從文字的魔障？清醒過來？如果我清醒過來，你是否已經離開？我將如何繼續虛構你的存在？

當你查覺我的不安時，那使你得到一種能力，一種可以命令的語氣，雖則你以爲我是主導我們關係航向的人，在沒有邊境的情感之途。我爲你訂票，我知道你的旅程和時刻表，我知道你的目的地。你原來的生活是陸地，有一天你將結束漂泊回到岸邊。你是我的窗外，別人是我的屋內。

你知道我總是眺望窗外，我必須。

你的神在對你說話嗎？我需要一種信念，迫切需要一種信念，告訴我，生活將如何承受這個故事？你的味蕾已失去了感覺，你還在吸煙，你在煙霧中構思著，當你思念一個人的時候，並不一定要告訴對方，當你感到害怕時，也不一定要說出來。有人在等待什麼訊息，像花香渴望空氣迷漫，像迷失的佇鳥等待著同件的呼嗚，你在煙霧中想像，許多想法已傾移至容易被忽略的章節。

有一種關係無法界限，它叫情感。它在生命中滋長，像雨後急速成長的竹子，它同時也在時間中逐漸褪去，像衣服上的顏色？天逐漸地黑，明天又是天明，你有可能改變你的思緒嗎？像變換你繫戴的領帶？幻象與眞實的距離在哪？我已經開始書寫一個故事，故事裡的人物還不知道，他們只活在他們的故事裡。

讓我問你，我將往那裡去？情感的旅途在哪裡結束？如果我忠實於我的欲望，現實是否一定會離我遠去？他是否一定是個生活之謎，那麼故事會如何改寫？

這個故事的主角，我確定我一定會再相見，可能是多年後，塵埃落定的多年後，時間對我沒有特殊意義，時間只會沖淡所有的想像，從現在開始我不再想像你，我只會回憶你，我知道，時間也會帶給故事另一種面貌，另一種色彩。

這個故事逐漸將演變成另一個故事。

柯恩的祕密生活

到土耳其來做美伊戰事採訪，坐在伊斯坦堡塔辛區一家咖啡館與一位專欄作家聊天，耳邊突傳來里奧納・柯恩（Leonard Cohen）的歌聲，把我們兩人都嚇了一跳。

那是柯恩最近的作品〈祕密生活〉，夾在頻道中播放。在博斯普魯斯港口，在拜占庭和奧圖曼的王國。在一個飄雨的黃昏。

專欄作家以前是異議人士，廿年前坐過牢，之後流亡德國十數年，曾在法蘭克福及漢堡等地住過，那些年他都聽柯恩的歌，「聽他的歌可以讓人安心地死去」，他名叫艾汀・恩基，他跟柯恩一樣長期流亡，選擇面對真實人生，而且總與數不清的女人有數不清的情事，最後總是不得不離開。

柯恩的歌有關墮落，墮落不但理所當然，且是眞理。柯恩不但無政府且徹底反戰，這一點恩基在好多年後才知道，那些年他自己是共產主義者，不小心爲庫德族說了話，入獄後，他的新婚妻子從安卡拉搭了一天一夜的火車來看他，他的妻子先是說以後沒辦法常來，兩年後便認識另一個男人，他說，那個男人跟他一樣是可惡的共產黨員。

像他這樣的人怎麼可能不聽柯恩的歌呢？只有柯恩的歌才能拯救他，艾汀・恩基這麼說，柯恩總是憤怒的，受傷的，一個蒼老孤獨的靈魂。柯恩的力量便在於他選擇誠實地面對他輸掉的戰爭，他的酒精中毒，他與女人的糾纏，柯恩一再離開，從不害怕面對眞相。

柯恩最鍾愛的主題還包括伯利恆（Bethlehem）和巴比倫。艾汀・恩基認爲那是他的遠見，那不但是主題，也是柯恩最喜歡的地方，當然，伯利恆在巴勒斯坦而巴比倫在今天的伊拉克，你只有去過伯利恆，你才知道巴比倫看起來不一樣。彷彿發著不同的光。巴比倫是西方文明起源地，現在是美軍的轟炸目標。

那些年我先在巴黎然後去了西班牙、紐約，我也都聽柯恩的歌。柯恩年輕時便是加拿大最好的詩人，他的歌詞簡單明瞭，正像他活著的方式，聽他的歌像打開一扇門，後來我更覺得像關上一扇門，關上門後，你得以聽取詩人的喃喃自語，你得以進入詩人作曲家的祕密生活。

我恰巧知道作曲詩人的祕密生活。一九九〇年代的柯恩和日本禪師佐佐木結爲好友，他後來搬到佐佐木在洛杉磯山上的廟，在那裡幫禪師打雜和充當司機，白天他和禪師喝酒聊天，晚上就在那禪寺的一間房間裡作曲，〈祕密生活〉是他的開悟。

祕密生活沒有對或錯，沒有黑與白，沒有生與死，沒有往世也沒有來生，柯恩雖然已是佛教徒，但他的歌詞聽起來像聖經裡的句子，仍然是巴比倫，所謂的輪迴便是一種對原已放棄的出生渴望，柯恩是徹底反戰的，只是他連說都沒再說。

還有，九一一事件後，柯恩的歌曲在美國被禁了。那歌的歌詞聽起來正像出自伊斯蘭恐怖分子：首先我們拿下曼哈頓，然後我們攻佔柏林……

在伊斯坦堡的塔辛區咖啡館，我聽恩基談論他的往事，想像柯恩的祕密生活，我想他應該早已離開禪寺了。

（二〇〇三）

那年夏天我也是喜劇演員

我永遠不會忘記庇里牛斯山山城裡的這一幕：一個演員從天而降，那一刻起煙火四放，整個小鎮進入嘉年華會般的氛圍。

觀看這一幕時我正在西班牙巡迴演出，那時的我二十四歲吧，在巴黎加入一個由戲劇同學所組成的小丑劇團，整個夏天和同學開車從南到北做街頭演出，我的角色不必說話，必要時必須說幾句西班牙，這會惹得一群又一群的西班牙小孩樂不可支。

整個夏天都睡農莊，吃素食，那個夏天我沒有防曬油，把自己在塞維爾附近曬成黑皮膚，那年夏天，我經歷過許多不可思議的事，常常在睡夢中大哭醒來，但白天過得還算愉快，我常和農莊的孩子玩一些莫名其妙的遊戲，譬如功夫，譬如抓木柴打人，我也和同學做一些即興演出的練習，有時像禿頭女高音，有時像〇〇七電影的間諜，我們排練時都謹遵從在巴黎戲劇學院學過的演員練習，一絲不苟，在任何演出的戲碼中，我都不是主角，但卻最受到歡迎。

那個夏天，我花盡力氣學習做一名演員，還不知道自己具有更多別的天份，譬如組織人力，譬如導演佈局，譬如舖陳視覺張力，又或者寫作編劇或做新聞記者，甚至其他。我其實並不適合做演員，但我當時卻只對演戲這件事有興趣，我很羨慕一些很會用身體創作的同學，我偷偷地學他們，並苦苦地折磨自己進入戲劇的核心問題，我沒有演技，我擁有的只是面對人生的膽量。

我參加的這個小丑劇團（Bouffons）曾經來過台北表演，後來他們在西班牙戲劇界也建立了自己的風格和名聲，當時大家都那麼年輕，對戲劇和人生都沒有具體的想法，我和他們那麼玩了一個夏天，自忖團員不可能教我什麼，那時的我拜師學藝，其實也像典型中國武俠小說裡想練功的人，我要離開西班牙前，便一心一意要去看大名鼎鼎的喜劇演員（Comediants），我打電話給劇團裡一個叫孟子的華裔女演員，她邀請我到巴塞隆納及庇里牛斯山的山城看他們一整週的演出。

我到今天都對八〇年代的喜劇演員推崇有加，他們絕不輸當時的法國陽光劇團或北歐奧汀劇團或美國麵包與傀儡或更早的生活劇場。可能更好，因爲他們綜合了所有的戲劇元素外，還能把卡達蘭文化和宗教儀式融入劇場，他們很少在室內劇場演出，多半室外，或者依戲劇形式需要，在不定的建築演出，從天而降的演員到位後，活動的舞台便推車往前，幾十位演員埋伏在小鎮的各個角落，甚至街上人家，製造和演出戲內戲，如潑水爭吵或警察鎮暴。戲劇性不停擴增，而鞭炮四響，聖母祭儀隊也隨之出現，帶動高潮。你不可能把整齣戲看完，因爲戲在鎮上各角落同時上演。

喜劇演員的演出形式大大影響了加拿大的太陽馬戲團，只是太陽馬戲團的雜技比例更高，早在七〇年代，喜劇演員便能綜合馬戲雜技特技宗教儀式及卡達蘭區的戲劇傳統，還包括大型木偶面具煙火鞭炮等等元素，以精湛的演技，塑造節慶的氣息，有時動員整個小鎮民眾參加，戲劇性和渲染力驚人，而演出地點從不固定，形式不停更新，簡直令人目不暇接。

就像當時所有西方重要劇場，喜劇演員也是社會主義傾向，採取共住共產的生活方式，每個成員負責劇場的各個部份，互不相干又共成一體。那位孟子小姐也搞服裝，但本人也是主要演員，我跟著他們出入在巴塞隆納郊區的大房子裡，後來才明白，這種共產共住的形式可能是劇團最好的生存方式。

而那年夏天許多人仍充滿著戲劇理想，譬如我，那年夏天我也是喜劇演員。

也許還是可以再去亞維儂

今年差一點要去亞維儂，但研究了一下節目單，發現今年戲劇節的重頭戲都是德國來的，且又是我看過的德國導演奧斯特麥雅（Thomas Ostermeiyer）等人，所以就沒去了。

在歐洲住久，總是有幾個最愛去的地方。在不同的季節和心情有不同想去的地方，但義大利一直是我的最愛。尤其是托斯卡尼的山城。但前二年不小心重返普羅旺斯，重溫以前留法時代的歲月，卻也開始喜歡夏天的普羅旺斯了。或許也偷偷喜歡亞維儂了吧。

當我這樣想時，卻開始對托斯卡尼和卡皮島有點背叛的感覺。我同時也會想，不不，亞維儂的觀光客太多了，都是那些惹人討厭的表演藝術朝聖者，且城裡除了在夏宮前吃冰淇淋外其實也沒什麼地方可去，也就只有這個戲劇節。好像你的情人不夠好，你卻爲他辯護。但你可以開車在普羅旺斯溜達溜達嘛。我可並不那麼重視那些薰衣草田喲。

巴黎的學生時代我去過幾次亞維儂，都是爲了亞維儂節。但求佛者，不能得佛（嗯嗯）。我回想那時的我，整天拿著節目單和照相機，從戶外走到各大小劇場，又從各個教堂走到河邊，一個節目一個節目看，每天忙著看戲，一點都沒注意這個城市到底長成什麼樣子。

也沒注意到這個城在對我說話。

一次是八四年夏天，傍晚找不到一個看戲的場所，那應該是一個中學地址，我一個人在路上走著走著，那時日落都很晚，閑著無聊，把路上拉得長長的自己的影子照了起來，那是靈魂的影子，那張照片我一直留著。我現在知道，那些年我的的確確是在流浪（但不是你認爲的那種流浪），恰特溫的說法最傳神：尋覓流牧者，便是尋覓神（the search for normad，is the search for god），但尋覓神的過程，我也是後來才知道，其實是尋找自我的過程啊。

那時的我太太年輕了，實在無法分辨。

亞維儂位於普羅旺斯城北方，這個城因爲十四世紀亞維儂出身的教宗在這裡蓋夏宮，因此不但此地紅酒世界聞名（不信請試試 Chateauneufdu Pape），山城裡充滿那麼一種精神力量，七月起的戲劇節一開始，滿街滿谷都是街頭藝人及來看戲的觀眾。

亞維儂正像許多歐洲中古世紀的小城，城市建築雖然很舊但卻維修得很現代，而亞維儂戲劇節的主辦人愈來愈年輕，他們這幾年來也試著把戲劇節多元化，除了增多舞蹈表演，大量把表演藝術（Perfoming art）和裝置藝術攝影種種現代化的元素整體放進這個城市，也試著讓城市說話，他們要傳達一個訊息：你並不是一定要走進劇場才看到表演。

是啊。我不必走入劇場便看到表演了，那表演都是我的內心活動啊。而在亞維儂卻有那麼多人沒看到表演。他們可能跟我過去一樣拿著節目單趕場，卻什麼也沒看到（對不起我又要提靈魂這二個字）。

我仍研究著亞維儂的節目單。今年的節目單上有不少德國作品，這些人都是柏林新一代表演藝術工作者，如五年級生和六年級生奧斯特麥雅及莎夏・瓦茲，奧斯特麥雅在亞維儂有兩個作品，一是易卜生一是布許納（早夭的德國劇作天才布許納），而瓦茲這回將舒伯特入舞，我回想著這些年穿梭德法劇場的心得，德國藝術家重視整體表現和團隊精神，新一代劇場工作者的作風和碧娜・鮑許一樣，他們看到個人與世界的關係，他們強調一種Zeitgeist（時代精神），而多數法國導演比較強調個人風格，與劇院只剩下合約關係。

我不知道這回德里達（Jacque Dalida）在亞維儂做了什麼大師開講，但我知道二十八歲的摩洛哥裔比利時編舞家Cherkaoui（前碧娜・鮑許舞團舞者）的Tempus Fugit的舞台設計有抄襲林懷民的作品之嫌，舞台上赫然幾十根竹子，乍看有點眼熟，不過，噓，我還沒看不能多說。

我來到了安巴赫

我坐在湖邊，這是安巴赫的下午，我凝望著粼粼的湖水，我想，作家湯瑪斯曼和希特勒的愛人導演李芬史達爾或者疏離劇場的布萊希特以前可能也這樣凝望過湖；而著名作曲家華格納的贊助人路易二世甚至在這湖裡溺死，我只消沿著湖邊走半小時路，便可以憑弔他。

我確實沿著湖邊走過。我確實在文章中憑弔過這位古怪但極具藝術鑑賞力的國王，我也寫下那些哀悼。

我去了湯瑪斯曼（Thomas Mann）在湖邊的夏屋，我想像他的午餐如何被置於書房外的門口，在湯瑪斯曼的墓園，看到兒子不願與父親合葬，連墓碑都要立得遠遠，我似乎看到作家的兒子葛羅曼，多年後在權威父親過世後才活過來，並且在父親從未公開的日記裡，讀到這麼一段：這小孩問題很大，隱瞞，不誠實，且歐斯底里。而湯瑪斯曼在那裡寫《魔山》，我在大學時代讀過那書，那時我無法想像湯瑪斯曼是什麼樣的人，現在我可以想像。我也可以想像路易二世，我像他一樣沉溺於絕對的美感，明白他敏感纖細的神經。我看到他在醉酒後走入湖裡，愈走愈靠近湖心。就像徐四金的夏先生。

我經常坐在湖邊的家，眺望布漢姆博物館，那原來是布漢姆（Lothar Gunter Buchheim）的家，他在那裡寫過本暢銷作品《死亡潛艇》（*Das Boot*），那布漢姆是個中國迷，他收藏中國木偶和徐悲鴻。我也經常坐在徐四金散步時常佇留的那木椅，從那裡看火紅的夕陽慢慢地隱遁在地平線下。

而安巴赫如此安靜，湖水是如此安靜，我以前也不知道史坦伯格湖是如此安靜。我在湖邊寫作，我看著湖面，就像看見鏡子，看見我自己的心靈。我心安自如，彷彿寫作是和湖水對話。

我在湖邊寫作，寫新聞，寫小說，也常寫哲人軼事。我寫這些人或那些人，寫別人就像寫自己，不，寫別人就是寫自己。這譬如美國一代女詩人普拉絲。我陪她到馬克林恩醫院去做精神治療，並且認識魯絲醫生，我閱讀她們的通信，感受到普拉絲在英國時因丈夫外遇的徬徨，我也曾無助地站在鄰居門口看著走廊上的吊燈，這光如此柔和，這光也如此冷漠。我讀普拉絲的詩，進入她的死亡藝術，但自己無論如何都還沒想到要死。我看著她死去，我早意識到她會這麼死去，十歲那年，她因父親逝世，從此一直在無愛與自虐中活著，只活了三十一年。

我也寫莎樂美、里爾克和尼采。他們都來過這湖。我和里爾克交談，他說，有可能嗎？這個我們看到的生活表面就像沙發上的套布，有可能嗎？他看著我，自己做了回答，「有可能。」里爾克是在這湖邊愛上奇女子莎樂美，里爾克一生都在漂泊，尋覓神的眷念，莎樂美的笑容像月亮照入他的靈魂之窗，而莎樂美不敢愛他，她只能和他以姊弟相稱。

我和里爾克交談無數次了。我是說，我們都浮在生活表面，最表面的表面，裡面不知道多深，也無法知道多深，表面是多表面，也不管，生活繼續那樣或這樣進行，生命一直那麼要命，而你浮著，浮著，偶而奮力往前一划，或幾划，偶而被風浪推往後面，然後，你還浮著，飄流，飄流……

有人在湖邊的路上對我說話。人若在大自然的美感中領略生命，或許就不會那麼虛無；或許那是神的聲音，也許那是湖邊的鴨子或天鵝，也許那是我在森林裡的踏步聲，我走著走著，又回到我在台北郊區的童年。

來到安巴赫之前，我和尼采一樣到處爲家，自許遊牧民族，也以爲哲人說的有理。我曾經不知爲何而寫，爲誰而寫。現在我已明白。

我來到了安巴赫。

你什麼時候回來安巴赫？

眼前的湖面靜如止水，天空灰藍，湖邊的高樹悄然而立，兩隻天鵝還在，一隻時不時便把頸子藏在湖水裡，也許在覓食，更遠有一群鴨子陪著，一隻動作敏捷的松鼠往樹上竄爬，直搗老鷹巢穴，兩個慢跑的人優閑地跑過小路。昨天黃昏我遇見一隻貓頭鷹。

我現在就住在安巴赫，在這個史坦伯格湖邊。我常散步經過你以前住的房子，現在仍然是一棟優雅的房子，從籬笆望進去，有時客廳裡點著一些燈光，泰半又像沒人住。徐四金，你還回來這裡寫作嗎？

也許你再也沒回來。畢竟，普羅旺斯的天氣比這裡好，而薰衣草田的香味可能使你安靜，起司和紅酒也會令人愉快，你現在都在搞劇本嗎，和狄特爾？雖然我不那麼喜歡他的電影，但你會和他工作，一定有你的理由，不是嗎？

徐四金，昨天我們在庭院裡昇起復活節的大圍火，幾位鄰居都來了，我們還提起你。你在不遠的房子出生，在那裡住到廿歲，你的父親是南德日報記者，你從小便會說法語，一個老人說，你從小便是個聰明的怪孩子，你小的時候，我們住的房子是三不管的野地，你都在這野地玩耍，去逗農夫的羊群，去摘別人家的蘋果，那蘋果的香馥全世界鮮有，你怕被抓一直逃到湖的對岸，你在那裡看人在湖上玩衝浪板。

這個湖以前住了許多怪人或怪傑，譬如路易二世和湯瑪斯曼，還有那位希特勒最愛的女導演李芬史達爾，這裡也住了很多作家和女巫，現在搬來的人多是銀行家或者明星，前幾天，德國足球明星巴拉克也來了，他便來對面看房子，他要看船塢夠不夠停放他的帆船或遊艇。

但還好這些人並未使湖濱的氣氛改觀，這湖還是神祕及面貌多端，這湖還是充滿著一股精神力量，這力量讓人安心，讓艾略特一來就在安巴赫的旅館作詩，四月，殘酷的四月……

徐四金，我從沒忘記你那本《香水》。我的朋友中有人真像你的小說人物葛奴乙，她們只消嗅一嗅自己的指甲縫，便知道男朋友是否變心，只因為在男人身上聞到父親的菸味，而立刻下嫁。我沒有那麼靈的鼻子，但有氣味相投的情人。

徐四金，今年的雪漫天覆地，下了好久。我幾次走向教堂山坡時，必須涉雪而行，甚至跌坐在雪地上，你知道嗎，我聞到雪的味道。或許，那便是我自己的氣味，是吧。即倔強又脆弱，冷冽，淡然隱約，卻永不放棄。

你什麼時候再來安巴赫？

慕尼黑正發著光

慕尼黑（Muenchen），這個城市與別的城市不同，正是因爲她的天空。一如詩人所該艷羨或禮讚，獨具絲綢般的天藍，城市建築時而染上琉黃的黃，一種沉穩而具引爆力的色彩，時而溫暖人間的淡黃，那都是以前巴伐利亞國王自重的顏色，也是藍騎士畫派強調的光澤，你卻可以在百年來的德國文學裡看到。慕尼黑的天空是文學的天空。

慕尼黑，我冷靜而安心地走過。

這個城市並不大，至少不大到可以容納這麼多令人驚訝的文學寶藏。因爲本質樸素務實，你一眼並不會看穿，你永遠都不會看穿，嘲謔頹廢也好，美善惡德也罷，沒有一個城市像慕尼黑那樣密集著住過偉大及孤獨的靈魂，而勇於自覺正是這個城市的文學精神。

我從慕尼黑城的北區史瓦濱（Schwabing）開始走。這一區百年來便聚集了許多文學及藝術家，湯瑪斯曼在此寫下多部小說，包括他的諾貝爾得獎作品《布登布洛克家族》（*Thomas Mann*）及著名的《魔山》（*Der Zauberberg*）等，我想像文人嚴謹的紀律，那時他已起手在赫爾促公園（Herzog Park）蓋房子，每天上午六時起床，看完報紙讀完書，十時起坐在書桌前開始寫，他有六個孩子，但不准任何人打擾他，有時爲了一氣呵成寫完，他連中餐都只要廚師留在書房門口。他從早餐起便喝義大利蛋酒。

還記得《威尼斯之死》（*Tod in Venedig*）這部鉅著的首章是如何開始的嗎？作家亞森巴赫在五月的某一天放下工作，走出家門，在史瓦濱的街道漫步，因遇見一位面貌奇特的人，激發起他強烈的旅行欲望，因緣際會前往威尼斯，而在命運的引領下遇見了美少年達秋。《威尼斯之死》是一部充滿自傳氣息的小說，而湯瑪斯曼打從寫作開始便享有盛譽，慕尼黑時期是他的創作最高峰。湯瑪斯曼先是在「Bad Toelz」歇過腳，有一陣子他在中午寫作工作結束後會到森林咖啡屋

（Cafeam Wald）吃中餐，隨後搬到赫爾促公園波希格街一號的自建洋房，但這棟房子在戰後被拆除了，只剩下森林咖啡屋和湖邊的夏屋都還保留著原來的樣子。湯瑪斯曼對慕尼黑有著特殊情感，他在多封致好友的信中都提過，每次出遠門，他最想念的便是慕尼黑的家，充滿留聲機迴音的家，他在家時每個晚上會仰坐在沙發上聆聽音樂。

湯馬斯曼來自北德呂北克貴族後代，其近親也多搬至慕尼黑，是一個寫作的家族，後來有三個家族成員作家在這個城市自殺，一個有品味但使命感沉重的家族，上天特別眷顧或詛咒的家族。湯瑪斯曼的兄弟韓希許曼（Heinrich Mann）在此發表了擲地有聲的《臣僕》（Untertan），但兄弟兩人感情惡劣，而湯瑪斯曼女兒艾麗卡曼（Erika Mann）和兒子克勞斯曼（Klaus Mann）也勤於筆耕，艾麗卡畢生護衛父親的文字殿堂，本人也是歌舞劇作家，她和幾個家族成員無法離開湯瑪斯曼與尼采等人的頹廢思潮，終生都在找尋哲理的出口，但酗酒用藥，自毀傾向甚濃，而湯瑪斯曼的另一個兒子葛羅曼（Golo Mann）也是作家，無法脫離父親巨大專制的陰影，不但終生詛咒父親死亡，遺書也堅持不要與父親葬在蘇黎世同一個墓土。

到了史瓦濱，有誰敢忽略魏德金（Frank Wedekind）的存在？魏德金經常在咫尺之遙的英國公園（Englischer Garten）遊蕩或構思劇作甚至冥想日常生活哲學，對後來的社會主義戲劇思維有重大影響，他的女兒卡蒂亞魏德金（Kadidja Wedekind）在那裡玩耍，長大後寫了許多重要的童書；那是二〇年代，畫家保羅克利（Paul Klee）在這裡有兩個工作室，而康丁斯基（Wassily Kandinsky）是他的鄰居，康丁斯基後來也在這裡和他的友伴如法蘭茲·馬克（Franz Marc）等人成立了美術史上鼎鼎有名的藍騎士畫派。而英國作家勞倫斯（D.H.Laurence）跟他們一樣也都在艾米勒街（Ainmiller Strasse）住過，街上也住了童書作家米夏埃安德（Michael Ende），他的青少年讀物小說作品當時比哈利波特還暢銷。

讓我們往下走，慕尼黑正發著光（Muenchen leuchtet），這是湯瑪斯曼在他著名的《格拉迪奧斯代》（Gladius Dei）中的句子，常被人引用。而他描寫的是百年前的奧迪翁廣場（Odeonplatz），他常常描繪奧迪翁廣場，因爲那附近多是路易國王在文藝復興時代延請建築師以威尼斯爲效法對象的無比建築，而後來一部份成爲慕尼黑大學，布萊希特（Bertolt Brecht）在這裡讀醫學院，他在一九二三年去柏林前都住在慕尼黑大學區附近，在這裡認識了他所仰慕的魏德金，與魏德金一起去上戲劇系教授佛萊瑟（Marie Luise Fleisser）的課，在這裡首度結婚，對象是慕城的女歌劇家瑪利安娜・佐夫，也在這裡發表了早期最重要的作品「深夜的鼓聲」（Trommeln in der Nacht），布萊希特和詩人劇作家卡爾・華連汀（Karl Valentin）合作，但佛許特汪爾（Lion Feuchtwanger）對他的知性激勵最大，而後來他的好友奧斯卡・馬利亞・葛夫（Oskar Maria Graf）與他愈走愈遠，但這些早期互動深深影響著他，布萊希特在慕尼黑的日子勤於社會主義思想的辨證和戲劇理論的涉獵，他的史詩劇場（Das Epische Theater）在此醞釀運作，呼之欲出。

慕尼黑，我走過時掩卷而嘆。

這個城市的命運總是與政治糾結，歷史的重量如斯沉重，記憶裡有極大的斷層和陰影，廿世紀初史達林也在這裡走動，這個城市很適合思維，因爲巴伐利亞總是另闢蹊徑，那時，希特勒從奧地利來到慕尼黑，他原先想學建築，當過街頭畫家，很快對政治狂熱，使他在城中心的啤酒屋（Hofbraeuhaus）聚結群眾並發表演說，在這城市附近的監獄寫下那本扭轉世界現代史的著作《我的奮鬥》，這本書後來帶來二次世界大戰及六百萬猶太人被迫恐怖及殘酷的死亡。

而老城的邊緣有人寫詩，伊薩河岸的列河區（Lehel），當年住過里爾克，年輕詩人里爾克在畫廊打工，看管過來展的新銳畫家畢索的作品，那就是魏登麥雅街（Widenmayerstrasse），里爾克在與莎樂美陷入愛戀，並從這裡與她二度去俄國，我熟背里爾克的詩，想像當年他在伊薩河邊散步的日子，里爾克二十二歲遇見年長他十四歲的莎樂美，一見鍾情，她是他心目中的女性原型，她也是尼采曾經求過婚不成的女人，佛洛依德愛慕及渴望傾聽的心理病患，里爾克和莎樂美後來成爲終生朋友，當時莎樂美並未爲他留下，不，她不能爲他留下，這是他們戀情的全部。而另一個詩人卡爾華倫汀（Karl Valentin）就住在面向伊薩河的獨棟公寓，現在也成爲市政府贊助的紀念館，沿河的風景圖像是如此沉靜，華倫汀當時坐在窗前應該看得到那群群鴨子在嚴冬的河岸打架或覓食，他的詩作在城市邊緣，也在文學的邊緣。非主流，獨特自主，就像慕尼黑。

而慕尼黑，我另眼相看地走過。

七〇年代，彼得．韓克（Peter Handke）也住過河流的上游，那時的他對戲劇很沉迷，他在這裡認識了當時就讀慕尼黑電影學院的溫德斯，接受了這個城市暗潮急湧的戲劇運動潮流，如奧古斯特者，韓克的「辱罵觀眾」（Publikumsbeschimpfung）批判布爾喬亞式的劇場，也象徵現代主義戲劇的式微，是那個年代最具代表性的作品，後來，他也為寫溫德斯電影劇本。幾乎同時，叛逆及玩世不恭的法斯賓達在城市裡結集同好從事劇場表演，他在老市場附近一家公寓底層排戲和演戲，那就是穆勒街（Mueller Strasse）的「行動劇場」（Aktion Theatre），或「反劇場」（Anti Theatre），劇場空間其貌不揚，現在是一家遊樂場，任何人經過也不會覺察，法斯賓達痛恨做作的表演，他嚴格規定演員只准以平常講話的聲音在台上說話，他在這裡改革了死氣沉沉矯柔做作的中產階級劇場文化，發掘了韓娜．席古拉等演員，並且與不同的人愛戀，如後來以歌唱聞名和在「恐懼吞噬靈魂」飾演外籍勞工的阿敏，阿敏在這個城市為他自戕殉情。法斯賓達自己也只活了三十六年，孤獨瘋狂且徹底的三十六年，他為這個城市留下了幾十部電影和劇場作品，也留下巨大及揮之不去的身影。

德國新浪潮電影便是在慕尼黑風起雲湧，魏納・何索（Werner Herzog）和他既愛又恨的演員克勞斯・金斯基（Klaus Kinski）擠過公寓，兩個人合作拍了多部電影，也持槍差一點把對方殺了，魏納・何索到今天都還住在慕城，他在老街上寫出好幾個出色的劇本如《奴隸海岸》（Cobra Verde）及《費茲卡拉爾多》（Fitzcarraldo）。

而徐四金呢，許多台灣讀者關心的徐四金，寫過名噪一時的《香水》（Das Parfum）的他也是慕尼黑人，大隱於市，除了出版社誰也不知他住城市那個角落，徐四金從來沒公開照片也不接受訪問，在《香水》之後還寫了童書，近年來爲德國導演 Wedel 寫劇本，他從出生便住在這個城市，聽說他也打算死於這個城市。

我繼續在城市裡遊走，這個城市時而憂鬱時而狂熱，氣質冷靜不失優雅，城市面貌看似漫不經心其實非常執著，這個城市明白戰爭與苦難，也了解自由與分離。在紐豪森區（Neuhausen）一帶便是亞裴德・安德許（Alfred Andersch）的家，他最出色的作品是《櫻桃的自由》（Kirschen der Freiheit）及告別作《謀殺者的父親》（Vater eines Moerders），都寫於紐豪森的自宅，寫完《謀殺者的父親》那年已是一九八〇年，逃亡和自由是作家人生的兩大中心主題，而小說故事的發生地點都在住家附近，紐豪森區最著名的作家還包括胡絲・蕭曼（Ruth Schaumann）及詩人馮德飛（Georg von der Vring）。

慕尼黑所以成爲慕尼黑，也是周邊的湖光山色使然，山是阿爾卑斯山，湖是辛夢湖那樣的湖，絲藍色的天空使湖光山色更顯得寧靜，湖邊的哲人良多，如湯瑪斯曼在史坦伯格湖畔的菲達芬小鎮（Fedafing）的Villino夏屋，而畢生是華格納知音並且長期贊助他的奇人皇帝路易二世（Ludwig II）也在玫瑰島上（Roseninsel）避暑，他本人也寫詩，後來溺死在史坦伯格湖裡，而現代小說家布漢姆家住得離湯瑪斯曼的夏屋很近，後來以《死亡潛艇》一書成爲當代最暢銷作家，《死亡潛艇》改拍成好萊塢電影名噪一時，也打造了名導演沃夫剛彼得森（Wolfgang Peterson）的美國夢，布海姆的舊家現已改建成頗爲可觀的現代美術館，館內收藏了他一生收集的藝術品，其中最特別的收藏應該是多幅徐悲鴻的馬畫。

詩人艾略特也曾在史坦伯格湖住過，著名的西施公主（Kaiserin Elisabeth）

（又稱 Sisy）在此結婚，布萊希特也曾在湖邊 Utting 鎮逐屋而居，而奧斯卡・瑪利亞・格夫自稱「鄉下作家」，在湖邊出生，在此度過農漁生活，生動寫下《Dorfbanditen》及《母親的生活》（*Das Leben meiner Mutter*），藍騎士畫家們都住過這裡，他們最鍾愛的湖是史塔伯格湖，畫家在這裡描繪那絲藍的天空和幻想中的城堡，而希特勒最心愛的導演，替納粹拍攝文宣片的女導演，沒有人敢隨便提起她的名字，在二次大戰結束後，也一直住在湖邊，去年才離開這個對她而言既恐怖又美麗的人世，被人捧上天堂也被人詛咒入地獄的列妮・李芬史達爾也在菲達芬文學重鎮住了近六十年。

慕尼黑這個城市有的是傳奇的身世，慕尼黑，才華洋溢而不多話，就像那絲般的天空，永不令人厭倦。

慕尼黑的下午

「那個城市有一種獨特的藍光，」一個朋友說，但是他找不到任何字可以形容那藍色，他說，那是一種慕尼黑天空下才有的藍，那是巴伐利亞的藍。

巴伐利亞的藍。我以前也想像過藍光，想像愛斯基摩人對光的描繪。那是一種回家的渴望吧，沙漠旅人對水田的幻影吧，會不會是一種神馳，像做愛高潮時眼皮上的跳耀閃動，或者像耶穌顯靈時出現的大地光束？當然，那只會出現在教會印的明信片上，而他們說那是宇宙力量穿過雲層射向大地的光。或者是一雙我什麼時候遇見過的淡藍眼珠，那望向我的熱烈光芒。那淡藍色的信仰。

有時覺得那藍光可能只是一種想像，幾萬年前的人正因爲那想像力，在黑暗混沌大地找到了火種，找到了希望，那是對愛的需求，那是靈魂渴望與另一個靈魂融合爲山的叫喊。但絕大部分的世俗生活使人對眞實失去了想像，所以沒有看見那藍光。

我也不確定我看到的便是那藍。就像多少星球從外太空殞落在銀河之外，我們看見時它已殞落了多少個數萬億年，數萬億年後的光，光年元年出發的星球，多少多少次被忽視的光之旅。多少次被忽略的小說章節。還未展開情節的戀情。已經死亡的亡故。

我在義大利托斯卡尼山區看過天光雲影，那是達文西的畫像，那是波提契里畫像裡的光線，那是一場革命，那是文藝復興，義大利文化中對傳統有一種漫不經心，那是一種全然的自信。雖然那藍色與巴伐利亞可以相提，但卻又無法擬比。

在澳大利亞愛利斯泉駕車旅行時看過一種獨特的雲，沒錯，雲和人一樣都有自己的個性和特徵，每個地方的雲都不會相同，我剛好也在五萬年的熱帶雨林裡看過古老天空。甚至，在大平洋茅利島上的火山上看過雲霧，在永晝的國度看過太陽，在更南的疆土上直視日全蝕。

而我卻從未在別地他處看過那樣的藍光。那淺顯卻不能透徹的藍，那應該是阿爾卑斯山上的白雲迴映在湖上的顏色。那應該是「藍騎士」畫家們在莫內時代的靈感。一種幻想，一種精神，一種對自由的堅持，那是路易二世對藝術的偏好，他在山上建蓋古堡，他在地窖裡打造人工湖，爲了聆聽華格納，爲了追求一個神話夢土。

從前，我還未來過這個城市的時候，我只知道那裡有啤酒和麵包。一個男人邀請我去那個城市，「慕尼黑，」他提起這個名字，彷彿提起內心的祕密，「那是一個等著妳來拜訪的城。」

慕尼黑爲什麼叫慕尼黑呢，我問過他，這裡以前很多修道院，城市是由修道上得名，中文翻譯則沒有人懂，譬如爲什麼是黑呢，我覺得這三個字是一個咒語，它可以從帽子變成一隻兔子，就像巴黎或羅馬的吉普賽乞兒行乞，他拿著一張寫著幾個字的白紙，你探頭一看，轉身便被騙去了錢包，你對那高明的騙術驚訝無比，那紙上只是一個名字。我去了那個城市，先是學習德語，然後便住了下來。才轉眼間，我從一個女孩變成女人。

那時，對生活有太多期望。常常經過鞋店爲自己買鞋。常常去郵局寄信，寄郵包。每個下午經過同一條街，那條街上都是理髮店，經過市場，站在露天的果汁店吸吮奇異果汁或小麥草汁，買一人份量的麵包，經過買花的人，經過教堂，經過遛狗的人及被溜的狗，走路到語言學校，傍晚又走路回家。在超級市場裡繞圈圈，構思晚餐或人生的內容，香蕉爲什麼是彎的呢，月亮爲什麼是圓的，女老師嘴上有鬍子，警察的制服很華麗。那時我的生活是一個聽起來有點悲愁的愛情，我把它像牙膏般擠壓成一首詩。

那是一首逐漸遺失的旋律的歌，我曾住在城市的高樓，每每看不到太多安靜的內心景色，我回憶著，那時的我朝向北方，騎著腳踏車，沿著月光街向前，一個陌生男人開車跟著，他超越過我後停車詢問，「妳願意與我共度一生嗎？」噢不，想了大約五秒，我還不知道我是否有能耐與別人，與任何人，共度一宵。時間是漸進的失序，有時是凶猛的治療，我活過來了，在那個城市，繼續騎著腳踏車，在有人餵食白天鵝的公園湖邊喝過啤酒，騎車騎到完全相反的方向，離家愈來愈遠，愈來愈遠，有一天，我才終於醒來。

有些下午，我在家沉思，冥想遠方的人。另外一些下午，我顯得較爲慌張，我站在花園看著飛過的鳥，或者聽舒伯特，爲什麼鳥似乎總是知道要飛往何處，我打算給誰寫一封信，我站著時不小心醞釀出想法，並且有一個美好的開首句子，那封信我始終放在心裡一個抽屜，我曾經多次像雷蒙・卡佛一樣，有個像他寫過的那樣的故事題材，但我一直還沒動筆。

「以規模來看，這是一個適合人居的城市，不大也不小，」說話的人是我的醫生，他坐在河邊診所應診，有空時會眺望河邊景色。我想知道悲傷時心爲什麼會痛，那顆跳動的心臟，還好，後來幾年的我不常再悲傷。我跟他一樣也住在河邊，我跟他一樣也眺望窗外，但我並不經常在家，無論站在何地的旅館，我也都眺望窗外，我以爲我必須。

我也以爲，我可以像站在窗口的彼時那樣活下去。

我離開過太多次，也回來過太多次。這個城市偶爾疲癟偶爾黯然失色，我去別的城市，回來時帶著背叛情人的心情，對於這個城市，我的確不夠忠實，而且並不會因此不安，不但再也沒在街上遇見那個人了，想到他時也不必一根接一根地抽菸。因爲分處兩地的情感終究如我所預料那麼一般，會逐漸變質，像布料那樣會褪色。只是你的名片一直被我夾在一本書裡，我並沒忘記。再不久，我與一個陌生人結婚。

他就在電影院門口看見我，他說，他從來沒看過那麼悲傷的人，他是因爲我的悲傷愛上我。我和他在餐館閒聊時，一個攝影者不由分說便拿起攝影機按下快門，沒錯，我正在笑，我看見了光，那光喚起我所有對這個城市的記憶。

不是別的城市，正是這個城市，慕尼黑。湖上結冰時，我和他踱步走過，像基督行走水上，佛陀亦然。以前，我的靈魂不住在這個城市，像波蘭導演奇士勞斯基電影裡的雙面維若妮卡，我的身體卻留在這裡，像空蕩的客廳，只有簡單的歌曲陪伴我，那是里奧納·柯恩在加州跟隨日本師父的日子，有些日子長的古怪不合情理，有些日子那麼頑固，像這裡的冬天，有些日子令人難捨，但大部分的日子來了又走，沒有證據，也沒有不在場的證據。

但我遠比那些年更堅強了。我不確定我們將有幾個人生，假設我只有一個人生呢，我逐漸明白，是那藍光讓我在這個城市留下來，是愛，讓我留下來。我住在這個我曾經想逃離卻未逃離的城市，我最終明白，天地之大，我不需逃離。也再無所謂逃離。

在南方的城市

一九八六年第一次到慕尼黑。那個城市裡的乞丐是如此少，有的話看起來也很憂鬱，流浪漢都躲在伊薩河橋下，即便在令人擔心的寒冬。那時已在巴黎和紐約住了幾年，我看上德國人的安靜和審慎，相較之下，巴黎人是如此喋喋不休，而紐約人忙著活在繁華的表面，以至於皆無法或少於面對眞實的內在。

那些年，我經常往返巴黎和慕尼黑之間，九二年一整年，我逗留在慕尼黑歌劇院，在那裡實習歌劇導演，從那裡發現慕尼黑，那個反叛心重而獨立感強的巴伐利亞。那是希特勒起家的巴伐利亞。那是強人史特勞斯留下身影的巴伐利亞。

那也是華格納和路易二世的巴伐利亞。

八九年柏林圍牆倒塌的那段時日，我也在慕尼黑，那時我已知道，邊陲便是中心，西德再見，德國從此再不是德國，你從那樣南邊的城市更能看清楚，民族主義和共產主義究竟是什麼。法斯賓達對世俗的藐視總是帶了那麼些慕城美學式的病態，他那麼多產早夭，是的，多產早夭，豐饒的南部，燃燒的熱情，海納穆勒如果擅於思考，但那些雙城式的社會批判卻遠在柏林，慕尼黑怎麼可能明瞭亡國的感覺？

因爲圍牆的距離，也許也因爲僅有的湖光山色，慕尼黑比任何城市都要勇於自覺。我在那個城市住下，住了很多年。必須說，從小德語作家赫塞(Hermann Hesse)便影響我，尤其在追尋自我精神一事，除了追尋自我別無其他，而我在慕城明白了自己的年少。我也在慕尼黑明白世界的重量和生命的重量。我並未與那個城市交錯而過。

人生便是舞台，無論角色為何，

每個人都有上台的機會。

上台後你就得盡情忘我地演出。你得盡職地演自己。

在疏離與貼近之間……

拒絕漫漫無止境的長夜

這世間什麼都不怕，只怕無聊。我發現，很多人同意這個看法，譬如偉大的挪威劇作家易卜生。他的一八九一年的作品「海達．嘉布樂」（Hedda Gabler）的女主角海達便是這樣的一個人，這也是她人生全部的悲劇，如果不了解這點，恐怕便不會了解她。

以前，我不是很了解她。以前，我也不很了解易卜生。在我從事戲劇的日子，我對易卜生毫無興趣，他雖是寫實主義的經典，但與我年輕澎湃的劇場革命心志不符合，我那時追求創新的舞台呈現，最怕看到演員在台上演出時，以那「話劇」般腔調唸詞，我常說，「難道就不能正常說話嗎？」

當然，這也不能全怪寫實主義，要怪也該怪台灣當時的表演人才太少。無論如何，我反正不太讀易卜生。很多劇本一開始便有冗長的舞台布景介紹文字，那些布景擺明了寫實的色彩，那裡是桌子，那裡是沙發，噢，不，謝謝。

多年後，對易卜生，我充滿歉意，並重新認知了兩件事。一是易卜生在那個後維多利亞氛圍時代是全然前衛的，沒有他，西洋戲劇便無法從莎士比亞的偉大中解放出來，繼續發展，而第二件事是，時代不同了，那些舞台指示當做參考即可，不必認眞。

對於後面這一點，德國新銳舞台導演歐斯特麥耶可說徹徹底底地做到了。他不但不按照舞台指示，他連劇本內容都改了。但他化身爲當今詮釋易卜生最有份量的導演。

在「娜拉」之後，歐斯特麥耶這個月在柏林劇院推出新作「海達・嘉布樂」，這齣戲過去是易卜生最暢銷賣座的作品，也被視爲挑戰性最高的劇本，尤其女主角海達複雜的女性心理背景，用現代心理學的眼光來看，此女子具有邊緣性性格（borderline personality），可能也是憂鬱病患，歐斯特麥耶以東柏林、反中產階級美學及現代社會觀點切入，頗能擊中要害，戲才演完，叫好聲連連。

批評當然也有，但已無傷大雅。譬如，女配角爲什麼總弓著背及握緊手提包說話，難道只有如此才能表現她的拘謹，才能對比海達的見過世面、個性大膽甚至是玩弄槍枝的女人？

前年歐斯特麥耶推出「娜拉」，那時便看得出來，他打算以新新人類觀點解剖大師作品，舞台表現洋溢電影視覺，或者具體說，有一種多媒體類於電視綜藝的傾向，但仍保有詩意和劇場的純粹，而兩年後，他以完全不同於「娜拉」的手法，將易卜生的作品加注了大量現代劇場的元素，他的巧妙舞台裝置和成熟洗練的舞台佈局結合在一體，就像月移日轉，歐氏的舞台世界以自己的速度和角度轉動，極簡主義的風格已然成型，無可挑剔。

在歐氏的「海」劇中，舞台的基調是冷的，落地窗上流著雨水，冷而優雅，乾淨而有秩序，他要呈現的是一個失落空虛的中產階級，擔心失業和畏懼社會競爭，雨一直下，滴在女主角海達的心上，像滴在鐵弗龍（不沾鍋），她沒有感覺，也沒有愛，不愛別人，也不愛自己，穿愛迪達運動服，像天天上CLUB玩的女生，口頭禪是「不好意思」，她眞的不好意思，對這種小而無謂的中產階級生活，且新婚的丈夫還不一定在大學裡謀得到教職。

海達離開曾密切來往的浪蕩子而與一個她不愛的人結婚，爲什麼？因爲「我再也不想過那些漫漫無止境的長夜了」，她說這句話時，我們全都懂了，還有那即將逝去的青春，她並未要求任何人同情或諒解她，她就是那樣活著，也不知道會活多久，因爲即便新婚，在一些夜裡，她可能仍然自問：我到底在這裡幹嘛？

在歐氏的新作，中產階級生活只是假相而已，不祇如此，易卜生很早就在劇本說過，「遲早，你必須適應那些你無能改變的東西」，如果你不能適應，那麼悲劇便於爲誕生，這是存活的哲學，易卜生的劇本人物都如是。

但「海達・嘉布樂」不要這樣的存在哲學，她以全部生命反抗。我彷彿眞的在舞台上看到這麼一個女人，她說，我不要這麼活，「如果眞這麼無聊，那我情願死。」

傷心的反對者

哈洛・品特（Harold Pinter）的劇作一直大名鼎鼎，八〇年代起，時不時便會在法國喜劇院或紐約百老匯上演，他的劇作深諳戲劇張力之道，擅長以語言和沉默鋪置戲劇效果，無論是嘲弄或暗示，主題呈現人性的恐懼或殘忍，交陳性愛幻想、糾纏、嫉妒或家庭愛恨，文字則充滿視覺和旋律。

他是巴哈、喬埃思和普魯斯特的愛好者。寫了廿九齣劇作，品特的作品是一個學派，金融時報稱他「充滿黑暗的暗示和豐富的提議」，觀眾看完戲離開座位時不太容易對劇作下結論。

他的劇作並不強調社會政治問題，雖然就像他說的，「一切都是政治」，都與政治相關。品特是一個政治異議者，他廿出頭便因此而上法庭，兩次都帶了牙刷準備入獄，父親把他保釋出來，但他多年來在政治上左傾和反戰的意見與英國主流社會不和，尤其對布萊爾上任後的工黨與布萊爾支持戰爭等議題上常大放厥辭，一些英國保守派媒體把他形容成憤怒的社會異議人士。

與其說憤怒，還不如說更多的是傷心。品特十三歲時愛上同街的鄰居女孩，兩人有一段不成熟但終生對他傷害甚深的愛情關係，女孩移情別戀，那些日子，品特開始寫作，有一天他的裁縫父親早上六點要去上班，發現他從半夜便一直坐在廚房寫字，父親問他在寫什麼？他的眼淚不停溢出，他說他也不知道他在寫什麼，父親拿起筆記本看了一下，拍拍他的肩膀，就出門了。

品特一直繼續那樣寫著，他認識了這樣或那樣的女孩，他沒忘情他的初戀，他在一些劇作裡也嘲笑愛情，但他看出生活的本質，所有的語言都不能當眞，不管是感情的言語或政治的言語。他說，他一聽民主這個字便想吐。

品特也曾經是演員和導演，但私底下，他更像人權律師，他對他說的和他寫的甚至他做的事情十分愼重，他是有話直說的人，絲毫不考慮面子問題，曾經受邀到法國去看自己的作品改編在巴黎上演，他在彩排時告訴導演和演員，「不，你們誤會我的劇作了，你們眞的誤會了，」那些人那時不了解，後來也沒了解他。

但他們沒有疑問，品特是二次大戰以來最具代表性的劇作家，可能也是最傑出的一位。

（二〇〇五）

爭議的戲碼

柯爾絕不會也不能去看這齣戲，他看了一定會心臟病發作。最近這幾天，波昂劇院推出一個爭議的戲碼，劇名是韓娜羅兒．柯爾（Hannelore Kohl），這個人就是德國前總理柯爾的妻子，二〇〇一年七月因不堪怪病折磨，自殺身亡。

在這齣由葵斯尼克（Johann Kresnik）所導的歌劇中，除了演柯爾的演員外，其他的人又唱又跳，而柯爾由體重超重甚多的演員演出，他整齣戲中泰半赤裸只穿一條白色內褲，一身肥肉手上操著一把利刀在舞台上走來走去，時而跳上桌子切割血淋淋的紅肉，時而又把坐在輪椅上的重要幕僚蕭伯樂推倒在地上，並且在公文架後與他的一位秘書當場性交。不然便是在他赤裸的身體上打印馬克標誌，就像種豬。

而「好」戲尚未上演。接著下來，韓娜羅兒出現了，她拉下柯爾的內褲，整個身體先倒向他，又跪在他面前，把頭埋於柯爾巨大的腹下，桌上擺著一只只梨（柯爾的頭型像梨，因此被冠以外號），這場戲演到這裡已讓許多女性主義者看不下去。

這也是導演葵斯尼克所宣稱的柯爾系統（System Kohl），一九九八年，柯爾在連任德國總理十六年後，敗選給左派的施洛德，從此厄運連連，醜聞不斷，先是二千年扯出他收取政治獻金的新聞，隨後又傳出他曾收取億而富的佣金，柯爾承認收取政治獻金，但不肯對檢察官透露捐獻者的名字。此事可說使柯爾一世英名毀於一旦，當年遭不明人士刺殺而導致下半身癱瘓的蕭伯樂，在導演的眼中便成爲柯爾系統的替死鬼。

韓娜羅兒的怪病是光線過敏，她長期飽受困擾，諸如不能出門或開燈，陽光對任何人都是溫暖和能量，對她卻是無情的殺手，而站在風光的政治家柯爾之後，聚光燈也是少不了的，對她卻很狠毒，病情發作時只能獨處，過著天昏地暗的生活，既痛苦又了無生趣。

但一些藝術家卻在她的病名找到創作靈感，他們認爲光是一種象徵，因爲光的後面總是陰影，而韓娜羅兒就是光的受害者，因爲她長期活在柯爾之後，其實就是活在陰影中，一位叫戴安羅荷的劇作家便寫過一個叫「光」的劇本，現在著名的劇場導演葵斯尼克甚至將韓娜羅兒的故事赤裸裸地搬上舞台。

韓娜羅兒的人生是一個悲劇，是「成功的男人後面總有一個女人」的故事，著名的德國女權主義者愛麗絲・史瓦澤便表示，她的死是對無奈與無常生命的微弱吶喊，不但她丈夫與女秘書外遇不斷，他的執政理想也逐日消失，而做爲執政者的妻子從早年的選戰便默默地投入，協助丈夫不遺餘力，如果柯爾眞的做錯什麼，只能說她是受害者，卻也是共犯者。

由於該戲內容聳動，且導演葵斯尼克的作品一向挑釁和政治味道濃厚，他本人聲稱過去忍受柯爾主導的波昂共和國甚久，此般傾巢而出，不把厭惡痛恨之情表達清楚，仇痛親快，哪能罷休？戲還沒上演，便已轟動德國文化界，柯爾的政黨右派基民黨的國會議員發起簽名抗議，抗議廣告也登在波昂的地方報上，但是不知爲何，這些簽名的基民黨議員在該戲首演的前夕並未到劇院前拉布條，不過基民黨青年部的團員卻在劇院旁的圖書館朗誦柯爾兒子彼得所寫的母親傳記，該傳記內容與上演的歌劇內容南轅北轍，爲此，柯爾第二天一大早便傳眞感謝。

柯爾執掌基民黨近卅年，擔任德國總理十六年，德國統一和歐洲統一都在他手下完成，而隨著他九八年的下台，波昂共和國宣告結束，樹倒猢猻散，在韓娜羅兒去世後，柯爾露面的場合大幅減少，近來幾乎不再接受訪問。

韓娜羅兒扮演十六年的第一夫人，但從來沒有自己的聲音，她總是陪伴在夫婿身旁，有關柯爾與女秘書的外遇不斷，她也從未出面澄清，這是爲什麼她在舞台上常常削馬鈴薯。沒有疑問的，柯爾藉她之名把當年名聞一時的左派異議分子給槍殺了。在九八年後，韓娜羅兒的病情加劇，死前，導演讓她跳了許多獨舞。

柯爾在給基民黨青年部一些黨員的那封信中表示憤怒之極，他爲有人濫用藝術自由對他做人身攻擊感到不幸，在德國，藝術享有自由，柯爾和基民黨再不滿意，也無法禁演該戲。嚴格說，這齣政治批判意味極重的歌劇集暴力血腥及腐敗於一身，應該算諷刺劇，而葵斯尼克本人是個老左派，他應該對演出反應感到失望，因爲戲已演了數天，從來沒被人噓過，可見來看戲的人政治立場頗爲一致。

為自己點一首歌

「我可從來沒想過我的人生會是這個樣子！」以前聽過丈夫的哥哥脫口而出，他說時並沒有表情，也沒有評價，彷彿在說別人的事情。那時他鬧離婚，不但要給妻子一大筆贍養費，且一年才得以在寒暑假看一次他心愛的孩子。

那是十年前吧，那時的我也不知我的人生會是什麼樣子，而十年過去了，這十年在我身上所發生的一些事，已逐漸讓我隱約知道生活將會有什麼面貌，但是，但是啊，仍有太多未知及未可知，也許仍然會讓我現在想不到我的人生將會怎麼樣吧。

這是爲什麼，無論如何，我都還沒想到死。

灰森森的柏林，這裡是柏林舞台劇場（Berliner Schaubuene），布萊希特和海納穆勒（Heiner Mueller）在那裡工作的劇場，這裡是最具有魄力和歷史回憶的劇場，也可以說最有創意的劇場，到現在都是，藝術總監都是五六年級的人，作品不但前衛，也是新古典，他們現在已成爲主流，不管你喜不喜歡主流。

舞台上是一棟小套房公寓，典型德國式的單人公寓，角落裡有一個小廚房，也有衛浴設備，客廳一個沙發，睡時拉開來便是床，桌上一個電腦，桌旁二張椅子，什麼都有，此外，什麼都沒有。

門打開來，一個女人走了進來。戲從此開始展開，什麼都有，工作也有了，但什麼都沒有，只是下班回家，脫掉大衣，脫掉鞋子，放下籃子，那是她今晚簡單的晚餐（兩塊麵包和冷盤），她的生活全在這裡，下班之後，上班之前，一個人活著，沒有人與她聯絡，她的生活無聲無息，有的話也好像只忍著背痛，悶悶地呼吸。

她脫下絲襪，穿上護肚帶子（不但得一個人生活，也許身體還有什麼不適），看一點電視，吃一點東西，餵一點魚缸裡的魚，擠一下臉上的青春痘，上一下廁所（你不會知道多難受，除非你也有如廁的問題），聽一點收音機，明天多雨，出門記得帶傘。打開電腦，開始玩起接龍。她每天坐在這裡玩，她的生活全部在這裡，也全部不在。

電視一下便關了，收音機倒沒關。現在是點歌時間，有人點里奧納柯恩的〈我是你的男人〉，那人爲遠在法蘭克福的男朋友而點，還有人爲住著海德堡的女人而點，Annie Lenoix 的〈爲什麼〉，一些人爲同事慶生，另一些爲最愛的某人點歌，這是點歌時間，歌曲陪伴著女人，那些爲別人而點的歌陪伴著她，她聽著聽著或許也想跳舞，那時她在浴室，狠狠地摔了一跤，生活是這麼不講情理，沒有情調，生活好像又有自己的規律，你必須遵從。

或者你不遵從，這是你的生命，你有權決定。我們還在柏林劇院，觀眾都屏息無聲（除了一個感冒的人有時不好意思地咳著），舞台上的女人還活著，她繼續她小而無謂的生活，可能一整晚就那樣把接龍玩過去了，她準備上床睡覺，把沙發床打開，把門窗關好，明天上班要穿的套裝也準備好了，躺在床上讀書，一下子便睡著了，但卻立刻驚醒。然後再也睡不著了。

她摸黑起床去吃安眠藥，吃了一顆，她拿出藥性說明書在黑暗中讀，她放下說明書，把安眠藥全倒出來，算一算，大約只剩下卅顆吧，她去冰箱取了一瓶啤酒，開始吞第二顆，然後第三顆，第四顆……舞台上的燈全暗了。

這裡是柏林劇院，這齣戲叫「點歌時間」。劇本是劇作家克爾茲（Franz Xaver Kroetz）卅年前寫的，獨幕劇，默劇，你叫什麼都行，劇本當時寫在幾張紙上，他想批判的是德國社會的不平等，他是一個左派的人，他是對的，不但社會不平等，生活也不平等，要命的生活，生命，從來沒有平等過。德國當紅劇場導演歐斯特麥耶把戲搬上舞台，什麼都沒變，只是現在多了電腦，且像這樣生活的女人愈來愈多。

我有一陣子不就曾經那樣活過嗎？或者每個人其實都或多或少那麼活過，像貝克特劇本裡的人，我們在等待什麼發生，但很多事卻一直沒發生，而有一天，像舞台上那個女人，有人心裡的希望火種突然熄了。

我的還沒熄，沒有，沒有，希望你的也是。

（二〇〇五）

史林根希夫先生，請安靜

去年，一年一度的拜候依特戲劇節未演先轟動，因爲由華格納孫子所掌管的拜候依特歌劇院請來德國影劇界有頑童之稱的史林根希夫（Christoph Schligensief），推出華格納早年最傑出的作品「波西法爾」（Parsifal）。

許多人等著看好戲。這史林根希夫大名鼎鼎，但可跟衣香鬢影及知識朝聖者氣氛大爲不同，史林根希夫最大的才能是挑釁和刺激觀眾，因此有人也擔心這戲排到一半，華格納的孫子會不會氣死，或很快就把史林根希夫辭退。

結果都不是，波西法爾從首演以來便好評不斷。藝術愛好者滿足於其變化多端得宜的戲劇形式，知識份子認爲主題的詮釋未離題太遠，而追求感官享受的觀眾則有福了，連死忠華格納迷都滿意極了。

史林根希夫從廿世紀觀念大師包浩斯（Joseph Beuys）那裡取經而來的裝置藝

術風格的舞台，流動的場景，充份發揮了「波西法爾」的戲劇象徵。尤其將包浩斯在一九六五年一個作品「如何對死兔解釋照片」的精神表達無遺，場景衍生擴大，就像Grunemanz告訴兒子的話：時間在這裡變成空間。

史林根希夫的戲劇語言明顯，導演手法風格化，他將「波」劇的精神塑造成一個歷史的謎語，不但歌劇演員表演出色，綜合動畫和裝置藝術的舞台呈現令人不敢小看，舞台和燈光的呈現一流，超越拜侯依特劇院過去的水準。

史林根希夫生於一九六〇年，從來便是滿頭亂髮，似乎從小到大沒梳過頭，他看起來像個不明顯的傢伙，但是做起作品，或主持電視節目則叫囂連天，與媒體對著幹，使得媒體和他之間的關係充滿緊張，又愛又恨，他不會輕易放過無事生非的媒體，有一次德國最大發行量的畫報也在刊頭上下了標語：史林根希夫先生，請保持安靜。

史林根希夫作品多產，他跨越許多領域，不但是電影導演、演員及錄影藝術、裝置藝術家，也是柏林人民劇院的藝術總監和導演，現在他又多了一個身份：歌劇導演。此外，他曾有一個作品是建立一個新黨叫Chance2000，那時他也是黨主席，作品在Documenta美術展展出，他在展出地點大叫要謀殺柯爾，後來警察帶走了他。這作品如果我沒記錯的話，叫「七天緊急呼喚德國」，是一個諷刺選戰文化低落的作品。

史林根希夫最喜愛的主題是破除幻相，爲了破除幻相，他傾力干擾，這點他得到布萊希特的眞傳。在一個演出中，戲演到一半，他自己本人跳上舞台，打斷戲的演出，開始訴說他外祖母過世的故事，說得眼淚都流出來了，然後，戲又接著繼續演出。或者，在另一戲中，一個演員演戲演到一半，突然對觀眾宣稱當天是他的生日，要觀眾祝賀他。

在一個有關希特勒奧茲維許集中營的作品，史林根希夫和一群演員在劇院到處亂跑，還慫恿觀眾快逃命，在亂成一氣時，一個女演員坐下來開始敘述她到集中營博物館的故事，最後，她唸出所有死於集中營名單上的名字。雪開始落下。燈暗。

看史林根希夫的戲，觀眾也飽受干擾。要不是播音器不停重複：失聯者請打這個電話。不然便是電視台的口號也跑出來了，謝謝您的收看。

他曾說過：細節才更清楚，沒有什麼是最重要的東西。這便是史林根希夫認爲的悲劇本質，什麼事都沒發生過，也不會有什麼事發生。史林根希夫對社會題目很投入，尤其是政治與藝術的關連和衝突，他不太喜歡問意義何在？他從不問自己這個問題。

但是他問自己：我是誰？我從哪裡來？我要去哪裡？

史林根希夫號稱自己是一個不信知識垃圾的人，生長於天主教保守小康之家，他說他從小只看電視長大。那是灰色天空的北德。從小怪點子便多，他一直是個瘋子，只是別人看不出來。他在創作時心想事成，彷彿不需比別人努力。他或許是對的：當藝術家的人格面具充份展現時，其藝術性潛能也愈能發揮。他從來沒隱藏或掩飾自己。

與戲劇大師布魯克一席談

時間是一九八四年，地點是巴黎一個偶戲博物館。邀請我去做客的人是主持人賈克・班班諾，此人是法國著名漢學家，我在博物館樓上的工作間和他聊天，出乎意外，戲劇大師彼得・布魯克來館參觀，所以我們中斷談話，館長出面和戲劇大師打招呼。

我也因此獲得一個和大師談話的機會。

那時的我讀過彼得・布魯克的書，看過他所導的印度史詩「瑪哈巴哈達」（Mahabharata）及契訶夫的「櫻桃園」，也看過好幾部他導的電影，已經是戲劇學院的學生，不但和同學自導自演過戲劇，還在鼎鼎大名陽光劇團與慕娜斯金實習，我如此介紹自己，只因為想博得大師的注意，但他一點興致都沒有，毫無表情地看著我，只問我中國偶戲的種類，情急之下我結結巴巴，說都說不清。我心裡只想著，在他離去之前，我一定得把握機會爭取和他學習的機會，但那時我的人生漫無目標，已知道自己不會從事演員的工作，但繼續在學表演，打算編劇和導演，卻推遲未進行。

我說，布魯克先生，您可以收我做學生嗎？他的臉算不上慈祥，也不愁苦，比較像個和尚，幾乎常無表情，但眼睛發亮，他問我想學什麼？我說，演戲或導演，我什麼都願意學。戲劇大師說，我在主持一個劇場，但並不是學校。

也許就讓我在劇場打雜吧？我非要不可時，什麼主意都想到了。那你不如常去看戲，看博物館，好好生活。你想當演員，你得去爭取機會演出，而導演根本沒有學校，你來看我的作品，你還是不能從我身上學到什麼，因爲我今天所做的都是以前的總結，每個人的條件不同，你可以從我的作品激發出靈感，但你得自己來，那是一條很長的摸索之路。

大師看得出來我很失望，他再加上幾句：一個導演所需要的便是敏銳的觀察，能夠傾聽，會善用直覺，並且保有非凡的想像力。你還這麼年輕，你可以從我這裡學到的便是，「我已經走這麼遠了，所以你不要放棄。」

我可以從哪裡開始？我追問大師。去製造一些好的人際關係，有創造力的關係，找尋和劇作家、演員、觀眾和文字間良好的互動。

「我已經走這麼遠了，所以你不要放棄。」這句話在洩氣的時候聽起來並無可或不可，就像許多書籤或勵志警句，改善人際關係？那似乎也並非我的專長。我目送他離去，心裡卻認爲這個人不夠通融，沒有愛心，我也責怪自己沒有好好推銷自己。

多年後，我才明白，他的話是對的。他並未敷衍我，他也並非是沒有愛心的人，那是眞誠的一席談話。人們常說他的劇場是「簡約劇場」，但簡約並非簡單，他那時看得出來我的心理，我仍未確定自己的人生之路。而且劇場的眞實的確與生活的眞實有某種的連繫，如果你不詢問生活的意義，那你很難詢問戲劇的意義，因爲詢問，你才清楚。

我最近看到彼得·布魯克是在歐洲電視台上，我覺得他愈老愈自得，他仍然不苟言笑，但對人和事有更大的寬容，幾乎像個禪者。一九二五年生於英國，年輕時便是英國皇家莎士比亞劇場的導演，他喜歡把吟唱跳舞樂器演奏和雜技融入劇場，他得到亞爾多的眞傳，也從布萊希特學到疏離的效果，他很早便是一個全球化的創造者，擅用各國傳統劇場的元素，在他多年主持的巴黎北方劇場，他讓非洲演員演出莎劇，而在印度故事中使用日本演員，他是一個不停變換劇場風格的人，「每五年一次吧，」他自己說，時代變化的腳化愈來愈快了。

八〇年代以降，許多西方劇場工作者從各地傳統戲劇汲取養分，彼得・布魯克是此中之佼佼者，因爲他並未從形式下手，他看到傳統劇場文化的重要，「在教條主義較勁的現代，傳統是一種革命性的力量，宜將之轉化儲存。」他所謂的傳統並不是法蘭西戲劇學院或莎士比亞或者義大利面具喜劇那種東西，但也不是完全不是那種東西。

彼得・布魯克常自嘲導演正像餐廳的大廚，煮菜之前得看看劇場裡有什麼，觀眾想看什麼。多年後，我才發現他是如此謙沖的一個人，當年兩人的談話又浮上心頭，彼得・布魯克是一個把鳳凰帶進劇場的大師，帶進他那色空或相空的劇場空間（The Empty Space）。

我因此看到劇場。

人人心裡都有一個馬戲團

「你要去哪裡？」「我不知道，馬帶我去哪裡，我就去哪裡。」——唐吉訶德

如果要細數我喜歡的法國劇團，辛加諾劇團（Zingaro Theatre）是其中之一。辛加諾劇團集馬術、雜技、舞踏、音樂、吟唱於一身，連想跳躍及鋪置，其藝術表現以天馬行空四個字來形容也不為過，以馬戲出發，但人性與馬術平行並重，雖從來不企圖建立敘事性劇場，所捕捉和傳達出來的詩意和劇場美感，在廿世紀劇場史上幾乎無人可及。

我現在閉上眼睛，腦中那人馬影像仍在馬戲團裡繞著。

馬戲文化原始在歐洲，在廿一世紀的今天仍盛行不衰，歐洲各國都有著名的馬戲團，和家長一起去看馬戲團也是每個歐洲孩子小時候最大的夢想。我兒時也

在台北看過馬戲團，坐在板凳前張大眼睛，被大象踏過的塵土遮蔽視線，聞到混合動物和人留下的味道，猴子騎摩托車，小狗跳火圈，一些空中飛人在頭頂上飛來飛去。這可能是我最早接觸的西方劇場文化，比看京劇還早。

從歷史的眼光來看，馬戲團也可能只是現代西方人改善羅馬競技場上的殘忍的玩意，刪去人和人的決鬥，所能呈現的便剩下人馴服動物的技巧。因此愈來愈適合孩子觀賞。而辛加諾並不是一個適合孩子觀賞的表演團體，因戲劇性的表演及詩意的強調，對孩童反而沒有吸引力。

馬是人類古老交通工具，也是人類的家畜夥伴，但很多養馬或騎馬的人都說，馬是神奇的動物，既狂野又溫馴，適合游牧不適合家居，自古以來歐洲皇室都愛馬，奧匈帝國的維也納流行拘謹高尚的馭馬術，不但我爲之卻步，我也想，就算馬們自己也不會喜歡那樣的東西。我一直對辛加諾演員的馬術頗爲佩服。

辛加諾這個字源自吉普賽文的一個馬名，也是劇團的靈魂人物巴貝特最鍾愛的馬，馬匹已在前幾年逝世。巴貝特也是個特立獨行的人，非常不喜與新聞媒體接觸，出身巴黎郊區有名望的家庭，從小不好讀書，酷愛戲劇和音樂，喜歡旅行，他青少年許多時光在馬上度過，隨後一度成爲街頭藝人，開始時對義式傳統面具表演（Comedia Dell'arte）十分醉心，七六年與朋友成立劇場頗獲好評，當時已在作品內引介馬術，八四年成立辛加諾劇團，以作品「Chimere Eclipse」等一砲而紅。

巴貝特沿用歐洲傳統馬戲團的帳篷，在圓形沙土舞台上表演，塵土飛揚，現場樂團演出，透過劇場氛圍製造詩意和哲理，幾個作品都與東方有關，「Chimere」充滿印度色彩，曾爲彼得・布魯克的印度女舞者領銜演出，動人的音樂，絕技般的馬術（如兩名演員在兩匹奔跑的馬匹中輪流對跳），視覺畫面充滿文學詩意，但我知道那是劇場。

巴貝特對傳統音樂和少數民族音樂十分醉心，「Chimere」使用印度傳統音樂，「Eclipse」則採納保加利亞少數民族吟唱，去年的作品和藏教喇嘛合作，巴貝特和主要成員不但在西藏住過一段時間，他還把一群喇嘛延請到歐洲來和辛加諾劇團相處，相濡以沫，激發出巴貝特的靈感，作品洋溢著藏教神秘氣息，結合宗教儀式和面具演出，偶爾一群白鵝在圓形劇場裡走過，人文的畫面如此鮮明，音樂性和戲劇感又如此強烈，當然，不離馬術，這裡所呈現的又豈祇於馬戲！

巴貝特常說，他的劇場演員不但是人也是馬，馬是前進的動力，而人受到動力的驅使，也控制那動力，理想的代表便是人馬，而他便是賽倫尼，希臘神話裡那半人半馬的怪物，不過賽倫尼不用四隻腿走路，只用兩隻腿，辛加諾可都是四腿的人馬。所以，當有人問起巴貝特下一步計畫或未來，巴貝特總喜歡引述唐吉訶德的說法：馬兒帶我去哪裡，我就去哪裡。

馬戲文化自七〇年代起在歐洲步入衰落，法國文化界有志之士挽救了馬戲的命運，一些出身馬戲團的演員意識到馬戲團面臨革新的局面，成立了結合表演戲劇和馬戲雜技的學校，這個離巴黎不遠的學校主要理想是爲馬戲注入新的戲劇元素，雜耍演員開始學起表演，連馴獸師除了馴獸外，也應該明瞭劇場空間設計，馬戲文化開始生動有活力，與這個學校有很大的關係。

由於辛加諾劇團受到觀眾歡迎，也得到國際重視，法國文化部主管戲劇事務者動起腦筋，巴黎是觀光客朝聖之地，而凡爾賽宮又是最著名的名勝古蹟，路易十六世養了名馬，他的宮殿也蓋了許多馬廄，一些人看到辛加諾也有許多馬，那些馬棚不但是辛加諾們最好的棲身之地，且又可以推銷劇場文化，何樂不爲。辛加諾在凡爾賽宮開馬術課，偶而也露天表演。現代劇場文化需要不斷注入養份和新意，辛加諾是一個好例子。

學表演而不是表演

我一直認爲，不祇演員，每個人都該學學表演。這個看法很多文學家提過了，但歌德、迪德羅（Diderot）及俄國戲劇家麥雅候德（Meyerhold）的說法值得再參考。

我在巴黎求學時代勤於上表演學院的課，從表演的學習獲益良多，除了認識戲劇藝術外，也因而認知自己。我從表演學習中，明白了藝術表現的本質，也明白表演並非我的人生志業，雖熱中戲劇，但不適合做演員。但我總是鼓勵別人學表演。

我也想過，表演是天生的才能，你不可能擅於演出，而自己卻不知道。很多人知道自己會唱歌，但更多人歌聲不好，卻自認爲會唱歌。學習表演可以區別自大及謙虛，也可以區分自我與群眾。不過，有表演天才的人不需要學校，沒有表演天才的人爲什麼要學表演呢？

學習以身體做爲工具去創作，我會說，就是學習面對自我。如果一個小提琴家透過琴藝技巧詮釋曲目展現內在情感，而演員則使用自己的身體去詮釋劇本和表現自我內在世界。學表演是認識身體，身體便是工具！身體便是樂器！學習表演是學習如何以自我身體拉出生活和思想的樂章。

我也會說，表演便是模仿，而模仿是所有藝術表現的草始。學習表演，不但模仿人類，也是模仿大自然，而如同其他的藝術形式，人類的行爲和情緒中與大自然元素息息相關，就像所有的藝術形式都與大自然息息相關，如水與火的不容，如爲什麼情緒上可以發火，爲什麼柔情可以如水，但太多的水會形成水災，而沒有火這樣的元素，一點都不可能燃燒。學習表演便是學習辨別人類行爲和情緒反應，辨別大自然與身體的隱喻關係，辨別人類行爲動機。人正因動機而動。而身體如何動正是表演術。

我會說，學習以身體呈現喜怒哀樂，且能在喜怒哀樂中細分各種情緒的不同，這種分辨情緒和行爲能力會使人的生活更豐富。印度舞者在表現喜感最起碼便有九種以上的基本形式，每一種的身體姿勢和手勢都不同，而九種形式可能延伸更多，而傑出的舞者能在戲劇文本中將他對「喜」的表現合理化，使得觀眾得到最大的同情心。而當一個人無法分辨情緒的細節，也無法體會情緒的來龍去脈時，生活是多麼乏味啊。

所以學習表演也是學習觀察。一個粗魯凶惡的人可能內心有所恐懼，體貼週到的人可能正是情感依賴的人，暴君不會有一個狂暴的面目，膽小鬼也許看起來並不是膽小。我們如果對戲劇感到無聊，必定就是演出者或演出內容過於陳腔濫調（Cliché），無法帶給我們驚奇。

學習表演也是學習藝術表現的張力和合時性。所謂的戲劇張力，譬如像賈克·樂寇說的，「群眾安靜讓開，英雄才會出現。」張力雖重要，但若非出於準確的合時性，你永遠不會知道演出人物的動機；田納西威廉斯的劇本中的人物總是在不是的情況說是，布萊希特要的是疏離，而莎士比亞，而莎士比亞劇本人物的心理狀態眞實得令人驚嘆。

我認爲藝術工作者都應該學表演。因爲學習表演，不但讓人更快清楚什麼是藝術性的虛僞，也會立刻明白生活的虛矯。在過去的戲劇生活中，每每在做導演工作時，前東德劇作家和導演海納穆勒的一句話常跑進我的心裡：大部份現代的人已失去了想像力，他們無法想像眞實。

很多人一定以爲幻想才與想像力有關，不一定明白，爲什麼眞實需要想像力。以表演爲例，在很多戲劇性時刻，演員爲了達成戲劇性的表現，反而更不能呈現眞實，典型如以哭泣的聲音表現傷心，以敲擊牆壁表現動怒，等待時走來走去，歡欣時拍手叫好，一旦演員開始如此「表演」時，觀眾便不再相信他的演出。演員需要想像眞實，因爲我們四周全充斥著人云亦云的固定反應，很少人有勇氣現出自我。

學表演便是學不要表演，或者，像已逝德國導演法斯賓達的用語：反表演（Anti Theatre）。你得先反對表演，你才能表演。don't act，live，在這當中，你學習的是旁觀自己，而不是旁觀他人，你得先感受生活的眞實，你才能記憶這些眞實，並且想像這些眞實。

我也覺得台灣的政治人物都應該學表演。因爲他們都在表演，但演技一點都不生動，內容只限於攤販式的叫賣或攻擊別人的叫罵，台灣政客們只能表演一種樣子：他們自己的樣子。所以內容薄弱，他們不知道，政治家要完美演出的正是神的模仿，那就是領袖精神，而發動造神運動如果只有動嘴皮子，難怪誰也不信！

你跳舞，她也跳舞

一提起現代舞蹈，大家都知道碧娜・鮑許這個名字，碧娜・鮑許儼然是現代舞蹈的代言人、後現代主義的教母，她的作品如「春之祭」或「米勒咖啡」都是現代舞蹈的經典作品，來自德國的烏塔帕爾舞團叱咤歐美舞蹈界廿餘年後，很多關心舞蹈的人不禁問起：碧娜・鮑許之後，到底還有人嗎？

有，還有人，這個人也是德國人，她叫莎夏・瓦茲（Sasha Waltz）。

莎夏・瓦茲出生於一九六八年，早年與Wigman的學生柯恩・哈斯學舞，在紐約停留了一段時間，一九九三年自己成立舞團，九六年的作品「太空人之巷」引起歐洲舞蹈評審界注意，並獲頒大獎，但眞正使她一鳴驚人之作是一九九八年的「大地」(Na Zemlje)，從此被視爲碧娜・鮑許的接班人。

莎夏・瓦茲很年輕，幾乎太年輕了。她很瘦，長得和碧娜・鮑許有點像，尤其像早年鮑許剛從美國回來跳「咳嗽舞」的年代，那時鮑許自編自跳，極其獨特，充滿憂鬱之美，整支舞都在咳嗽，只有鮑許才想得出來。

瓦茲的作品風格已從後現代獨立出來，舞蹈語彙則集大眾之成，在「大地」中，瓦茲嘗試了敘事手法，將幾個前蘇聯集體農莊的故事呈現在潮濕、冷風颼颼的舞台，田園詩篇裡充滿政治性，同時又賦予個人的強烈視覺及美學風格。

那是無與倫比的人文關懷。一個本地的舞蹈評論家說，那是令人信服的俄羅斯。完全令人信服的瓦茲，以舞蹈作品說明她的世界觀。

在去年的作品「身體」中，瓦茲回歸到舞者的原始身體，排除舞台布局的繁複，讓舞者回到自我的肉軀，開幕印象令人深刻，一群舞者的身體在玻璃下疊疊如罐裝食物，而在其他場景中，身體所具的挑逗與舞蹈表現達成行文的曖昧，揚棄繁華，落實身體的表達力。

瓦茲企圖在「身體」中提出基本的舞蹈問題：我們如何與我們的身體相處？身體知識的發展可能。她以身體說了一個關於身體的故事。

瓦茲的舞者身上什麼都沒穿，他們什麼都沒有，只有一個名字。如碧娜・鮑許，瓦茲的舞者來自各國，舞者的個人風格顯著突出，但他們與瓦茲一樣，更年輕，或許太年輕了。

近年來，德國劇場工作者顛覆了舞蹈與戲劇的界限和範圍，而在後現代潮流中被排斥的敘事性，又重新被建構使用。舞蹈與戲劇的形式交替，藩籬已然拆除，德語表演界尤其走在前鋒。

像瓦茲或比她更年輕的歐斯特麥耶和芭芭拉・懷等三人，便成爲柏林著名的「柏林舞台」劇場的藝術總監，他們宣告「後現代主義」已過去，而主張新的舞台表現方式，尋找超越國界、形式和領域的可能性。

而在這個風潮下，反敘事和非結構的後現代作風已被嚴重質疑，新的敘事風格逐漸鵲起，接下來要問的是：要向觀眾敘述什麼題材？新一代的德國劇場工作者有話要說，他們檢驗社會暴力、無法滿足的性及戰爭等，以嶄新的敘述，混合身體和語言的可能性，呈現奧妙及塵封的題材，他們很快便成名了，成名本來就要趁早，然後，他們宣布他們是新的一代劇場工作者。

莎夏・瓦茲在這新一代劇場工作者中，是最受人注目的一位。

（二〇〇二）

威爾森的白日夢

仲夏夜晚十時十五分，慕尼黑數千英尺的奧林匹克公園裡行人匆匆，逐漸地，葛拉斯音樂迴繞在公園的山丘之間，湖邊臨時搭建的舞台上，戲準時開演，希臘女神波斯楓在舞台上現身。

飾演波斯楓的演員在地獄及人間中反覆出現及消失，在夢幻與現實中游移走動，或者應該說，在導演羅伯·威爾森的神祕戲劇形式中來回穿梭？湖邊的天空已暗成暗藍色了，坐在舞台中央的老詩人正在與狄梅特對談，地獄之神海德劫走了狄梅特心愛的女兒波斯楓，想迎娶她做新娘，突然，正對舞台的整面湖邊小丘瞬間全轉爲血紅色，而雷劈般的音響及時轟下。

葛拉斯的音樂仍然熟悉，低音琴聲夾雜著希臘語、德語及英語的朗誦詩句，音樂繼續著，到底波斯楓和海德正在跳舞還是表演他們的內心狀態？威爾森重複奉行「小量主義」，他的演員的一舉一動全出於他的設計，還有燈光舞台，完美的音效及回音呈現，無懈可擊的湖光山色，使得「波斯楓」再度成爲一個最新最典型的威爾森作品。

這是「波斯楓」在慕尼黑的世界首演。威爾森改編自詩人艾略特「荒原」的波斯楓章節，他保留了嘹亮似音樂般的詩句，在湖與山丘中找到了舞台布局的基礎，是的，觀眾只要安心坐在斜坡上看向湖邊，便可以立刻走進威爾森的世界。

「威爾森呈現的是這個時代的戲劇象徵，他的作品超越了所有人類對目前舞台的想像。」藝評家羅伯．馬克斯對威爾森有這樣的評語，早在一九七一年，「盲人的眼光」在巴黎首演後，著名的法國超現實藝術大師路易．阿拉貢便致函給攝影家布列松說：「我從來沒有看過這世界上還有更美的舞台作品」，到目前爲止，威爾森已成爲歐洲最重要及最昂貴的導演，幾乎所有由政府大筆資金補助的劇院，都搶著邀請他出手執導，他的檔期早已排到下一世紀了。

但歐洲傳統戲劇界對威爾森仍然敵意甚深，甚至賦以威爾森的戲劇風格爲「無意義劇場」，意指威爾森借古老作品爲題，大做視覺效果，內容完全沒有任何意義。威爾森則反駁，「我的確不曾考慮過任何作品的意義。」他甚至認爲，歐洲的戲劇導演過於重視意義性，他們困窘在他們的意義之謎中。

威爾森說：「戲劇必須到現場去經驗。」他不需在作品中闡釋任何意義，他只想邀請觀眾「來做白日夢」。除了慕尼黑的「波斯楓」，今夏莎斯堡戲劇節也有他的「貝雷雅和美里姍德」，是一齣改編自德布西的歌劇，今年二月已在巴黎首演過，莎斯堡戲劇節邀請當紅的羅素·布朗擔綱演唱貝雷雅，很多人又有白日夢可做了。

（一九九五）

沿著河岸前行

人生便是舞台，無論角色為何，每個人都有上台的機會。上台後你就得盡情忘我地演出。你得盡職地演自己。這是莎士比亞的觀點，也是普遍性的人性觀點。人生裡雖有大人物及小人物，但舞台上並沒有大角色或小角色。

我有時把自己的心靈當成一個舞台，如果這個世界是舞台，那麼心靈一定是舞台中的舞台。最初，我是那舞台上的演員，後來我學會編劇並且開始當起導演，我讓不同的元素和事件進入心靈，我的心靈深處上演一齣又一齣的戲劇，夜以繼日……曾幾何時，我發現我也願意做一名觀眾，願意安靜下來欣賞所有在心靈舞台上發生的一切。我不再主導心靈，它自然發生。

它可能這樣開始：有人走過去，帶著一隻狗，或一隻狗帶著他，或者貓，或者馬。或者有人跑過去，追趕或被人追趕，有人在稍遠處交談，爭執或和解，有人打開窗戶正在往外看，有人向我招手，有人擁抱或告別，他們難捨難分，他們視如讎寇，他們在跳舞，他們在唱歌，他們在進食嘔吐，吸菸吸毒，飲酒作樂。有人正在受苦受難，有人出生，有人死亡，有人來了，有人走了，有人愛你，有人恨你，有人愛別人或不愛別人，有人佔據你的心靈舞台，有人很快撤退，有人若隱若現。有人虛情假意，有人疑神疑鬼。有人要死，有人怕死。大部分的人來了又走了。

它也可能這樣開始：我聽到聲音，我循聲而去，聲音逐漸消退。我回到山谷，我去到海邊，我沿著河岸前進，遇到許多追求眞理的人，也遇到叛徒，我小心不做判斷，我繼續走，天逐漸亮了，天也逐漸暗了。我有時孤獨，一些時候又不，我和別人一起出發，有時分道揚鑣，和同伴一起走，也分開走。我遇到別的同伴。我遇到導師，我也遇到學徒。我曾經是導演，但大部分的時候我又是觀眾。我不必編劇，因爲自然發生。

心靈舞台上有時風平浪靜，有時月黑風高。可能是仲夏夜了，卻又起風。有時天晴有時天雨，飄雪結冰，還有一些時刻則是暴風雨，天搖地動，天昏地暗，冷，熱，燥，濕，溫和，鬱悶。更多的時候：心如明鏡台，何處惹塵埃。

然後我看到光。光影灑了進來後，人的表情便有了變化，事物也有了深度，姿態更清楚了，他因緊張而扭曲，或者因專心而傾斜，有人不安如刺蝟，有人退縮如松鼠，有人天眞無知大膽，如初生之犢，有人謹愼如斑馬，規矩如長頸鹿，孜孜不倦如蜜蜂或螞蟻……有光的地方便有生活，光是世界的起始，光的出現形成立場，人的行動則構成布局。

我也意識到顏色的變化。感覺和情緒也有顏色，甚至有形狀。譬如深思熟慮是藍色的，而焦躁只可能是紅色，試探是桔色的，而關心可能是黃色，但只是可能。如果是田納西．威廉的劇本呢？如果是席勒的劇本呢？時間賦予空間一種厚度，一種延長。空間有時是開放的，有時是封閉的，沒有出口，或者像多門的房間，甚至可以遁走或憑空消失。

有時我聽到對話。譬如在電車上：一個腿上打石膏的年輕女孩正在聽很吵的音樂，她移開隨身聽的耳機對她身邊的年輕男人說：我想明天就去做心理分析。年輕男人：幹嘛？無聊。女孩大聲繼續說：我受不了我父親了，我要去看看怎麼辦？男人低頭說：妳說話小聲點行不行，妳怎麼辦只有妳自己知道，去找那些人有什麼屁用。女孩：我就是要去。男孩站起來準備下車。

又譬如：兩個女人坐在露天咖啡座，一個滿臉愁容，另一個裝扮像男生，她安慰悲傷的女人：妳必須換成男性的思考邏輯去思考他。悲傷女人的表情不再那麼悲傷了：那我應不應該打電話？

我認爲生活中許多談話其實只是噓寒問暖，人無法深談，因爲誰也不明瞭誰，所有的深談也只能包裝在噓寒問暖或玩笑話裡。

我甚至聽到自己自言自語：我再也不必了，再也不必了。

大部分的時候我在生活中服膺奧古斯多．波樂的無形劇場理論，小部分的時候我睡著了，因爲生活是多麼多麼的乏味啊，但戲劇來的時候，它便全然地喚醒我。

（二〇〇四）

給敬愛的韓斯

——紀念終戰六十年

那是你的人生最後一次戰爭，你用盡彈糧，費盡心思，經歷了極大的恐慌，敵人不停逼近，但你孤軍奮鬥，所有的人都撤退了，連動物都逃離了，而你還在那裡，你的視線衰微，呼吸困難，不知道時間過了多久？你遺失了錶，也無法辨識陰影，你是如此地饑渴。你渴望邊境，你來到了邊境。

第一次世界大戰時，你剛出生，你經歷過飢荒，聽過有人吃皮鞋的故事，然後你到磨坊當學徒，十八歲志願從軍，你從德國出征一路到俄羅斯。自從高加索回來以後，你在一些人生時刻會噩夢連連，甚至會在夢中大聲喊叫，但這一次你並未叫喊，恐懼吞噬了你的信心，你在床上哆嗦著，好幾個月，你陷入時間的迷陣，記憶不再追伐著你，你便甘心地投降，安安靜靜地走了。

神知道這一切，神讓這一切發生。韓斯，神與你同在，即便在信心悄逝的時分，神看守你，你也看守著神，只是你已八個月無法移身到教堂，教堂一直在那裡，彌撒一次又一次地舉行，你的神殿空曠無人，等著你去。

那是去年二月，兒子去醫院探望你時，你的病床暫時被推置在走廊上，似乎已沒有知覺，但認得出兒子。他看一眼你的灰藍眼睛，心中有預感，你已經半數魂魄不在了，那瞳孔一點光都沒有，彷彿已遇見死亡，你的妻子備感憤怒，你不但放棄與死亡的鬥爭，也放棄了她，放棄了五十年共同的生活，她不願看到你倒下，便自行回家了。他們把你推回房間，兒子一個人陪著你，看著你瞳孔裡的生命之光正在消失，他握著你的手，他說，韓斯，你可以安心走了，你這一生已然美好，我以你爲榮。他握著你的手，良久，良久，整個下午，然後，他起身去城裡辦點事，那城剛好位於回家路上，他想，今晚先回家睡覺，明天可以再來，必要時整天都會留下。

他第二天回去時，你已走了，就在半夜。他抱著你的頭大哭失聲，他對你一直有如此深的愧疚，好像你曾代替他參與戰爭，你爲他擋去了生命中的不善，你留給他對美好事物的信心，他應該知道你那晚便會走的，他一直這麼責備他自己。他看到死神要帶走你，而卻讓你一個人走了，更早之前在醫院，因連自己的姓名都記不得了，常常一個人下樓到醫院的地下室，整夜就站在那裡，迷惑，傷心，不知所措，因爲戰後你成家後都習慣在地下室做一點自己的木工嗜好，就像戰爭時躲在坦克之下，或者甫戰後被俄國農民收留的日子，他們讓你留在地下室，但是醫院的地下室什麼都沒有，只有一些破舊的空病床，你好幾次充滿疑惑地站在偌大空曠的地下室。他們說你沒有病，就只是老了而已，把你送了回家，最後是這家讓人等死的醫院，你去了以後，幾次對妻子說過，讓我回家，我一點都不喜歡這家旅館，你以爲自己正在度假。

那個聖誕節前夕，半夜你在樓上臥室裡急切踱步，爲什麼踱步？你又再度墮入可怕的夢中，你殺過人，你兒子說，可能是那些被殺的人都回來找你了，你並不認識他們，一個也不認識，眞的一個也不認識，你無法分辨他們回來找你的用意，你當時只是前哨兵，你在二次大戰當前哨兵時殺過人，不是面對面的搏鬥廝殺，是大小炸彈，你丟過太多顆，還有便是在坦克車裡的無數攻擊。戰爭是這世界最後一件你該參與的事，戰爭是人類發明最殘酷的事情。你從小這麼告訴兒子。

你兒子謹記在心。他記得小時候，德國冬天的房間是這麼冷，但你無論如何不願關窗或關門。那是潛意識裡的逃命習慣，多年後一直保留，還有是逐年變本加厲的噩夢，那些年你必須長期服用安眠藥，否則如何睡著？在戰火連天的漫漫的黑夜裡，可能在庫爾斯克，你已習慣那西伯利亞的冷風，你已遭遇過太多次死亡，你都活過來了，靠著你求生的意志和機智，你曾八天躺在廢置的坦克車下，等待紅軍搜索和撤退，你靠著帶在身上的水瓶和一根香腸活命，八天，他們不知道你怎麼活過那八天。你從坦克車下爬出來時，看到的是一具具同袍的屍體，他們並沒有活過來。那是一九四二年冬天在莫札伊斯克，離莫斯科一百公里。

一九四一年六月廿二日清晨四點四十五分四百萬名德軍間雜義大利和羅馬尼亞軍人，在希特勒的指令下，開拔前往俄羅斯邊境，那一個月，大軍如入無人之境，你是前哨兵，你的工作是收集敵軍情報，把所有的地形和敵軍駐紮地點都畫在圖上，你從波蘭一路來到莫斯科，也去過巴黎維也納基輔和白俄羅斯，都騎著那附掛邊車的摩托車前往前哨，他們只讓你開，因爲只有你一個人知道如何靜聲地行駛，你是軍人，你必須如此，你並不知道當時的領袖希特勒是個瘋子，你並不明白戰爭，但你用你的生命去了解，戰爭有一張荒謬之臉，戰爭有一張殘酷之臉。德軍攻下了洛斯多夫，從那裡可退回高加索。

但你還沒辦法轉身過去，德軍陷入冷風泥淖，秋天時先是沒完沒了地下雨，車子無法前行，到了初冬，沒有人知道西伯利亞這麼冷，零下卅度如何存活？供給軍需的路是如此漫長，你的新婚妻子恐怕你已凍死，或者史達林全力反攻，紅軍控制了謬斯河，那是德軍將敗的第一個徵兆，你並不知道。你也不知道，新婚妻子生完女兒兩年後，便移情別戀，她再也不寫信了，你一個人在遙遠的冬天想念她，幾年後你回到德國，你才知道，你一直孤軍奮鬥，戰爭總是拖延，無法結束，後來你才明白，儘管戰爭結束了，你心裡的戰爭卻未結束，烽火連天的日子裡，你什麼也不說，就在地下室做木工，只有工作才能安撫恐慌，那也是在戰爭時，俄羅斯農民教你的，你學會了，並且發揚光大。

你怎麼感謝那個教你木工的俄國農民？戰爭尾聲，他們收留了飢貧交迫的你，他們沒告發你。並給你工作和食物，你來到佛加河，走過那個河水結冰的冬天，然後搭上最後一班回德國的船，告別了殘酷的戰爭。

我們沒看過戰爭，越戰時我躺在台灣台北兒童醫院，我高燒不退，醫生以爲我得日本腦炎，將不治，父母束手無策，看著我發燒又發燒，然後奇蹟般他們救活了我，那時美軍駐守台灣，那時中國內戰尚未結束（一直到今天還未結束），在美援及反共思想的台灣長大，以後逐日流放，變成無政府主義者，那一年，我遇見了你兒子，他改變了我無家的命運。

韓斯，雖然我們是戰後的孩子，但我也看過戰爭。那是在一九九九年的科索沃。因工作從馬其頓一路到普利斯提納去，看到許多哀傷不滿的臉孔，到處都是斷垣殘壁，到處是烏煙和不熄的火海，荒涼，沉默，我和科索沃人去拜訪墓園，看到許許多多的新墳，多半死於一九九七年前後，那是米洛什維奇的野心，那是南斯拉夫的悲劇。但北約轟炸貝爾格勒時，沒有人認爲不對，我打電話與當時的反對黨黨主席可杭·丁吉夫做訪談，他說，我們像活在電影畫面裡頭，那是一場戰爭電影，主導戰爭的人技術高明（他沒說的是，手法殘忍），戰後，他被選爲南斯拉夫總理，但隨及被暗殺。

我到了阿爾巴尼亞，他們說，大阿爾巴尼亞的日子到了。巴爾幹人以悲歌慶祝和平，韓斯，那時你的體力尚可，我們坐在巴伐利亞辛夢湖邊喝茶，你想起一九四〇年離開黑哲夫鎮的那一天，你和幾位同袍佔住了一處俄國農莊，那時的俄羅斯已陷入糧荒，農民靠過去的存糧過日，他們給你們吃美味自製的香腸，你也回報那家人更多的善意，幾週後，上級軍官要你們繼續開拔，離去前，你的同袍放火要把整個村莊燒掉，你強力反對，但別人說服了你，「若不燒掉，反而給紅軍未來做基地，」你沒再說話，離開山坡時，你回頭看著一片火海，那時你感到些微悔意，在後來的日子裡，你的後悔愈來愈深。

你不明白的是，戰爭還在發生，先是阿富汗再來是伊拉克。你不明白的是戰爭的理由，你也不再明白善惡道德，戰爭還有道德嗎？他們說那是一場道德之戰，你不清楚誰是邪惡誰是正義？然後，因爲醫生用錯藥物，你的病情加劇，已再無法下床，你盯著計時器，你看著時間消失，你不再知道自己活在什麼世界。你也不再需要助聽器和眼鏡，你茫然望著電視上現場轉播轟炸伊拉克的畫面，他們給你氧氣桶，你呼吸著，你活著，韓斯，戰爭已是六十年前的事，整整六十年，戰爭早已結束，但戰爭也未眞的結束。

而你永遠地走了。而我寧可相信佛家的說法，你從未離去。你的靈魂與我們同在，你的身體留在羅森漢姆市的墳園，你的精神留在我們心裡，那是那些擺在我們房間裡的木雕，你留給了兒子一棵樹，一座房子，所有的愛，你留給兒子對和平的想望：也許以後再也沒有戰爭了。韓斯，在一些日子，我總是看到你坐在我書桌旁邊，你用那無限柔和的眼光看著我，並且叮嚀我們好好活下去。

在得到與死亡之間……

回憶是身分，

你只能在重寫過去中建構自己……

親愛的康斯坦絲

二〇〇六年一月是莫札特二百五十歲生日，而紀念大師的活動卻已提早在歐洲各地展開，譬如莎爾斯堡的莫札特出生地門口現在塑了一座巨大的莫札特雕像（醜陋無比）。莫札特是西洋音樂史上最重要的作曲家，但是如果沒有他的妻子，莫札特可能不會那麼成功，許多莫札特的作品也不會流傳於世。

莫札特的妻子是康斯坦絲．魏伯（Constanze Weber），與莫札特結縭九年，直到莫札特去世，他們過著頗爲幸福愉快的生活，莫札特在那九年內寫出他一生最重要的作品，但長久以來，一般輿論卻把康斯坦絲當成一個不守婦德及不了解莫札特作品精神的女人。

這種不公平的看法很可能來自於一些大男人主義的莫札特研究者，還有，要怪就怪那位奧斯卡得獎電影「阿瑪迪斯」的電影編劇 Peter Shaffer，他在劇本中把康斯坦絲塑造成一位與她丈夫勁敵薩勒利上床的女人。康斯坦絲在莫札特逝世後再婚，可能造成有人對她的誤解。

愈來愈多的傳記作家爲康斯坦絲爭回公道。康斯坦絲來自一個德國有名氣的音樂家庭，她父親本人便是一位傑出的聲樂家和音樂教師，當時在曼漢姆宮廷任職，他有四位女兒，其中三位都很會唱歌，康斯坦絲也是音色優美的女高音，不但如此，康斯坦絲除了母語德語還精通義大利文和法文，對莫札特的音樂事業不無幫助。

莫札特離家出外時都心繫著康斯坦絲，這在他私人信函裡常可讀到，他得空便提筆寫信給妻子。而康斯坦絲請求莫札特在作曲發表前先給她研究，他們經常一起練習演奏和試唱，莫札特人前人後都說，康斯坦絲對他的創作有很好的影響，他有一陣子在家常演奏巴哈或韓德爾編作的賦格，而康斯坦絲立刻愛上那些曲子，在寫給友人的信中莫札特寫道：康斯坦絲既然喜歡聽，我便常常隨興彈奏，康斯坦絲常問我有沒有把我彈的記下來，我往往被她責罵，她不會給我安寧，除非我把那些賦格寫下來給她。

那些年，莫札特在曼漢姆時代先愛上康斯坦絲的姊姊阿洛西亞，阿洛西亞音色出眾，是那個時代少有的演唱家，莫札特為她寫了許多曲子，但對方對他沒有興趣，一年後，魏伯家搬至維也納定居，莫札特繼續與魏伯家來往，有一陣子索性也住進魏伯家，後來因為別人的閑言閑語而搬走，莫札特愛上康斯坦絲，但莫札特的父親因嫌魏伯家窮反對這件婚姻。

不但如此，康斯坦絲的母親對莫札特也有抱怨，傳說她要求莫札特寫下契約，結婚後每個月要付三百佛里昂給康斯坦絲的娘家，後來遭康斯坦絲的反對作罷。

莫札特是不世出的音樂天才，但他在世時，經濟一點都不寬裕，婚後甚至欠債連連，他不敢告知妻子，康斯坦絲在發現後，不但搬家並設法還債，讓莫札特無憂地繼續編曲。

康斯坦絲若活在今天，一定是最傑出的藝術經紀人。莫札特去世那年，她只有廿九歲，有一個七歲的兒子和四個月嗷嗷待哺的幼子，但她積極和外界聯絡，譬如去信給莫札特的朋友作曲家海頓，或者向李奧波德二世申請補助，皇帝因此每年發給莫札特家裡一筆錢。

康斯坦絲在娘家尤其是姊姊阿洛西亞的協助下，成功地在布拉格和維也納舉辦莫札特紀念音樂會，她和阿洛西亞演唱莫札特的作品，深受觀眾喜愛，康斯坦絲開始在德國奧地利各地巡迴演出，她和姊姊都能精湛演唱詮釋莫札特，她們把莫札特的音樂精神傳誦下去，而且賺取了不少演出費。

不但如此，康斯坦絲還妥善處理了莫札特許多未發表的作品，並且把莫札特的樂曲整理印行。丹麥外交官尼森剛好是鄰居，也是莫札特的樂迷，他幫助康斯坦絲做整理工作，幾年後，他們結婚搬回丹麥，而尼森決定替莫札特立傳，爲此他們又搬回奧地利，不過，莫札特傳才開始動筆，尼森便過世了。

康斯坦絲獨立繼續完成前夫的傳記，她以行動永恆懷念她的丈夫，她的努力使後代人更有機會認識莫札特的作品。她是對的，她也令人懷念，她是親愛的康斯坦絲。

馬克思，你好嗎？

馬克思生前大概不會想到，他不但影響了無數中國人的生活和思想，至今還大受供奉，位於特里爾城的故居已成爲中國觀光客的朝聖地。居然這麼造就德國觀光業，寫《資本論》的他會不會在墓裡也很納悶？

馬克思的故居位於德國古城特里爾城，是一棟平凡無奇的十八世紀市民建築，三〇年代經過大整修，八〇年起成爲馬克思博物館和研究社會主義的學術基金會。相對於歐洲其他各地博物館，馬克思博物館其實相當枯燥無味，但已轉爲中國觀光客到德國旅遊指定地，每年夏天都會有一萬多人特地前來。

至少馬克思博物館的負責人昆尼希女士便幽默地說，博物館裡放了一本貴賓簽名簿，整本都是中文簽名，「好像是專門爲中國人放在那裡似的。」

昆尼希口中形容的中國觀光客多半對二十三個展覽室並沒有興趣，展覽室裡陳列的都是馬克思的文字資料和一些幻燈片，因爲文字語言的關係，沒有多少人會仔細瀏覽，倒是有三件馬克思文稿的原件，稍會引起注意。

馬克思的律師父親漢尼希在一八一八年買下這棟房子，五月五日馬克思在此出生時，特里爾處於經濟黑暗期，社會衰頹的氣氛深深影響著青少年的馬克思，而他父親的個性和伸張社會正義的作風跟他很相像，也對他有很大的啓發。

特里爾古時是軍事要塞，在四世紀時被羅馬帝國佔據，帝王在此蓋了不少著名建築和溫泉，老黑城門也都還在，除此之外，與其他德國城市並沒有太大的不同。

馬克思十八歲便離開特里爾了。他先到波昂大學上法律系，隨後轉到柏林大學，大學畢業後他擔任萊茵報政治記者並認識恩格斯，從此，這兩人不但密切走在一起，歷史也永遠記得他們。馬克斯幾年後遷居巴黎，兩年後被法國政府逐出，在布魯塞爾及德法等地流亡，與恩格斯在歐洲境內考察及組織結社。後來死於倫敦。

馬克思所處的時代是一個動盪不安的時代，一個歐洲革命的年代，哲學家們致力討論「貧困的哲學」或「哲學的貧困」，但無疑的，馬克思是其中最激進和動人的一位，月亮和太陽都落入金牛座，土性性格頑強但上升星座則在重思考的寶瓶，個人一生處於人馬和雙魚座的鬥爭之中。一個識時務且掌握時代機變的思考家。

馬克思生平不但關心俄國土地問題，也關心中國，他不但寫了好幾篇有關鴉片貿易史的文章並大力批評天津條約，一八五三年也就「中國與歐洲革命」寫過文字。

難怪現在中國觀光客都來了。根據世界旅遊組織的統計，中國觀光客將成未來廿年歐洲觀光業的主力，他們站在博物館裡，他們在文物中走動，就像博物館主人說的，他們來此是想感受一位歷史大人物的精神，但她也不忘了加一句，「當然，當然，他們最有興趣的還是照相留念」，證明到此一遊。

（二〇〇五）

她再也無法忍受完美

十一歲時她被梅塔祖賓發掘，與紐約愛樂交響樂團登台演奏，同一年她也到白宮爲雷根總統拉琴，她在七歲時便拉 Bach Chaconne，沒有人相信七歲的孩子會那樣演奏，行家們在聽完錄音帶後都說：你是說十七歲吧？還是廿七？十一歲起，她巡迴世界各地演出，她的演奏歷史長達廿二年，曾經是音樂神童的她，今年才卅三歲，她可能是世界上琴藝最精湛的女小提琴家之一，她叫五嶋綠（Midori）。

她有一雙細長的鳳眼，姿色並不差，但穿著總是有點那麼不合身，拉起琴來，比別人更投入更熱情，小提琴彷彿是她身體的一部份，沒有提琴，看起來便有點神情失落。她是那種從小在嚴格學琴教育下長大的小孩，從小便要面對完美，她沒有童年，沒有父親，只有一個把拉琴夢想全放在她身上的母親。

而她說，她再也無法忍受完美這個字了。任何完美的東西總是欠缺著某種眞實。當音樂不完美時，它反而更接近完美。說這話的人眞是那個從小被母親以斯巴達式教育教出來的五嶋綠。

說這話的人是那些樂評家評爲琴藝完美的人。以前的樂壇重量人物伊薩斯坦或伯恩斯坦都喜歡和她同台，當今指揮如 **Sir Simon Rattle** 或 **Christoph Eschenbach** 都點名要她，她那樣演奏了多年，有一天，卻無法再拉小提琴了。

一切得從大阪開始說起。

五嶋綠七〇年代生於大阪一個音樂家庭，母親是小提琴教師，五嶋綠耳濡目染，三歲便會拉琴，那時拉的是莫札特，她母親看到她的音樂才華，夜以繼日地教著孩子，五嶋綠沒有玩伴，似乎也不怎麼上學，她只是一遍又一遍練習，爲了討好母親。母親離婚之後，更加全心全力以栽培女兒爲人生志業。

那是多麼嚴格的母親？那是多麼嚴格的音樂老師？別人的母親可能生氣時會把盤子丟在地上，她的母親在恨鐵不成鋼的時候，會把整把小提琴摔在牆上。五嶋綠後來說，母親這麼做她完全理解，母親只是想把自己的經驗傳授給她，母親指點一條任何樂者都必經的學習之路。她是幸運的，或者不幸？她還那麼小，但比別人更早便得走過。

那些年，她都這麼練習，這便是她全部的生活。練習、演奏、再練習，再演奏，不斷地改進，永遠無法更好，先是爲了母親，然後才是自己。成名之後，母親還是最忠實的樂迷，她仍然嚴厲，只是不會再捧琴了，五嶋綠的琴是別人提供的無價之寶。她逐漸也是那麼嚴格地要求自己，像她的母親，她變成她的母親，心裡總有個母親的聲音在要求自己，她隨時隨地都聽到那聲音。

那聲音問：你練習了嗎？你練習了嗎？她母親從小一遍又一遍的要求，無止無盡。那句話變成她的噩夢。廿三歲那年，音樂神童崩潰了。她再也不能拉提琴，她得了厭食症，失眠、頭痛、精神崩潰。好幾年，她接受治療，必須靜養。她無法再討好母親，她一向必須那麼做，但從此卻無以爲繼了。

整整六年，五嶋綠沒有打開琴盒，她不想拉琴了，再也不想。她寫了自傳，做了無數次的心理治療，她重新上大學讀書，她甚至讀完了心理系。

現在，她又復出演奏。她改變了許多，她已經不是孩子，而是一個大人，她也改變生活，搬離了母親家（仍住門對門），繼續寫作，她把日記或信件貼在自己的網站上，有時也公開她的食譜，她練習拉琴，但也做別的事，譬如做菜、鉤毛衣、寫作、讀書，她愛上寫東西，還在寫她的心理學碩士論文。

她仍然會頭痛，但心裡那個魔鬼聲音不見了：你練習了嗎？她比從前喜歡演奏，也比從前喜歡練習，那是出自心裡的眞正意願，雖然她練習時間比以前縮短了，縮太短了。

她失去童年，當她是孩子時，她已經不是孩子，現在她長大了，她終於成爲了自己。她成爲完美或不完美的五鳩綠。

（二〇〇五）

改變捷克現代史的一張唱片

一切都得從路瑞德（Lou Reed）開始說起，沒有路瑞德，就沒有今天的哈維爾。

詩人作家哈維爾七〇年代起奮身投入捷克的反共運動，啓發他展開地下運動的人是美國搖滾樂星路瑞德，哈維爾因反共而多年坐大牢，八〇年代末，哈維爾出獄，隨後當選捷克總統，前總統柯林頓邀請他到白宮做客時問他：有哪些您也想聚一聚的美國來賓？哈維爾不假思索地說，有的，那個人叫路瑞德。

柯林頓總統立刻打電話給路瑞德，邀請他來華盛頓參加晚宴，並問他：你們是什麼關係？路瑞德在電話上說：我們是朋友。其實，路瑞德不認識哈維爾時便把他當成一生的朋友，他在心裡這麼想，他沒告訴柯林頓。就是在白宮的宴席，路瑞德和哈維爾才眞的變成無話不談的好友。路瑞德也表示，多年來讀遍哈維爾的詩及劇作，對哈維爾才是崇拜有加，從九〇年代起，他有幸到捷克總統府做客，與哈維爾也有好幾次貼近的對談，哈維爾仍然在聽路瑞德，他也公開說過他的革命故事。

那是一九六八年，年輕的哈維爾到紐約去玩，他在紐約的朋友介紹他一張唱片，哈維爾在上飛機之前買了那張 The Velvet Undergroud 的白光／白熱（White Light / White Heat），他人才到布拉格，幾個酷愛搖滾樂的朋友便輾轉借去這張唱片，而很快地布拉格便成立了好幾個搖滾樂團，其中，宇宙塑膠人（The Plastic People of The Universe）是最受年輕人歡迎的捷克搖滾樂團，在紅軍佔領布拉格之後，樂團只能在地下偷偷演出，對捷克年輕人造成震撼性影響，樂團成員遭捕後，當時的前衛劇作家哈維爾，和許多知識分子加入聲援樂團的陣容，隨即，爲了擴大聲援，他成立了反抗共產政權的人權組織 Charta77 ，但哈維爾不但沒有救出樂團成員，自己反而因此而入獄。

哈維爾的反共地下運動雖遭空前阻力，但其後繼影響力擴及整個東歐，而這一場革命的起源便是那張路瑞德的唱片。

路瑞德出生於紐約布魯崙的中產階級家庭，從小因過動被父母認爲不正常而送去固定做電療，在紐約下東城與吉姆莫里森等人成立了The Velvet Undergroud，他創作的歌曲內容有關吸毒或S／M或無政府主義思想，被許多搖滾樂迷視爲經典作品，他的歌成爲解放冷戰時代的招牌曲目，但也是共產極權全力驅逐的腐爛墮落的音樂毒藥。

「宇宙塑膠人」是當年東歐最著名的地下搖滾樂團，也是推翻東歐共產政權的原動力。沒有這個樂團，便沒有哈維爾的接續，今天的東歐政治史可能要改寫。宇宙塑膠人樂團成功地模仿了路瑞德的冷冷的抒情風格，但更具原創性的野味，更黑暗，更有地下反動氣息。

哈維爾上任總統後，已多次爲他的祖國樂團和路瑞德拉線，一九九〇年，路瑞德第一次與哈維爾在布拉格見面時，哈維爾邀請了他的朋友爲貴賓演唱，路瑞德覺得那些歌好熟悉，原來，他們爲他重新詮釋了自己的歌，有搖滾樂神祇之稱的路瑞德以豪放不羈的演唱風格著名，他過去在演唱會時什麼都做得出來，包括謾罵聽眾，但卅多年後，他在東歐異地重聽了因他而成立的The Velvet Undergroud Revival演唱那些歌，譬如All Tomorrow's Parties，感慨萬千，他說，「吉他音色準確完美」，他也多次與他的同志樂團合唱，成爲現代搖滾樂的盛事。

今天的哈維爾已從總統職位退休，九六年起，他因腸癌開刀，身體狀況愈來愈不佳，但他仍專心總統工作，他畢生反共，也因此對民主自由的台灣相當有好感，他曾在聯合國爲台灣發言，並在去年訪問台灣。

路瑞德說，他從來不知道，搖滾樂對人類歷史的影響這麼大。今天的搖滾樂神祇已不太醉心演唱事業，他最熱中的事是每天早上打兩個小時的太極拳，幾年前，他娶了美國現代樂壇著名的才女羅莉安德森，「還好，」路瑞德說，「她陪我到布拉格，不然她會以爲這個故事是我騙造的。」

（二〇〇五）

如蒼鷹低飛

——寫作大師齊格飛・倫茲

齊格飛・倫茲（Siegfried Lenz）是德國當代最重要的文學家之一，是文壇的永不老者，到今天仍健筆如飛，他一生除了尚未得諾貝爾獎，幾乎什麼文學獎都得過了，他的小說人物無論處於多麼惡劣的生活環境和命運，總是在追求一種眞誠的存在，一種改善生命的信念，其作品精神影響戰後的德國社會甚鉅。

一九二六年生於前波蘭的東普魯士馬祖里小鎭林克，如同另一位德國文學家諾貝爾文學獎得主葛拉斯，他們出生於德國邊陲，經歷過戰爭，在戰後寫出個人的風格，畢生多產，若一定要將二人相提並論，倫茲不像葛拉斯那般多端凝鍊有時甚至晦澀，雖輕描淡寫，但極會描述營造，看似不經心的筆構出一種氛圍，主題滲透性極強，並總帶有那麼一股令人回味的憂傷。

倫茲在二次大戰曾任職海軍，大戰後返回港都漢堡，在世界報擔任過編輯，隨後成爲自由撰稿人，他是怎麼開始寫作？按照他自己的說法，他本來在副刊工作，當時的英軍主管要他編輯每天出刊的連載英文小說，譬如已開始成名的葛林（Graham Greene）。有一天，他考慮，自己可能不會寫得像葛林那麼好，但已經有一些寫作經驗，至少可以寫寫看，他第一本作品是《空中的蒼鷹》（Es Waren Habichte in der Luft），小說書名取得不清不楚，他自己說，「那是因爲當時流行這種書名」，但是鷹的形象也可說是德國精神的象徵，倫茲不自覺在第一本書就塑造了他一生寫作的基調。整本書是用原子筆寫成，他的妻子還替他重新抄寫一遍。小說寫完，他交給當時德國世界報副刊主編威利哈斯，哈斯看完後只告訴他：我們要印。《空中的蒼鷹》連載後引起文學評論家及讀者的高度興趣，從此便成爲職業作家，終生寫作，並且都在同一出版社出版。

倫茲作品闡述的主題是人類面臨命運的抉擇與自處，個人與群體社會的關係，甚至於主流與邊緣，局內與局外，受害者與迫害者之間無意識的遭遇，他擅於援用情節簡單但動人的故事，敘述技巧引人入勝，結構嚴謹，充滿現代文學意象及象徵主義風格。

《少年與沉默之海》便是倫茲在群體／個人主題上最完整表達的作品。對倫茲而言，個人與社會並非對立，但是個人在適應群體時總是有那麼一點無奈和難以融入，乃至於悲劇便在其中找到背景。在《少》作中，阿納是個異鄉來的孤兒，被收養在一個有三個孩子的家，爲了爭取認同，他做出了違背常情的事，也造成悲慘的人生結局，倫茲化身爲與阿納同處一室的養兄韓斯，由韓斯溫暖和客觀的眼光去觀照阿納的人生之謎。故事影射德國民族在族群的排外／融合的問題上有許多命運也不解之處，境內的文學評論家相當推崇，認爲《少年與沉默之海》的功力比起同樣處理類似題材的《暴風雨中的人》及《麵包與遊戲》更得心應手，綽綽有餘。

倫茲已寫作超過五十年。早期最成功的作品是一九六八年寫的《德文課》（Deutschstunde），描繪一位聽信納粹黨的北德警察如何服從黨的指示，看守他的畫家朋友不准繪畫，故事由警察的兒子希繼．耶布深娓娓道來，批判德國社會的服從權威性格，小說出版後，立刻轟動大賣，並且翻譯成多國語言在國外出版。

倫茲寫作風格以冷靜見長，從細節慢慢舖陳，架構嚴謹，格局也相當寬闊。有人認爲這可能與他長年住漢堡海港，且曾在海上從軍有關，但他自己說，「不，不，這是因爲我在邊緣國度馬祖里出生長大，歷史的遺棄和詛咒使我很早便知道，要認清所處的事實，要有耐心，忍耐總有代價。」

倫茲在一次訪問中談到冷靜，他認爲冷靜是寫作者所必要擁有的先決條件，冷靜而不是熱情投入，寫作宜採抽離態度和立場，小說故事人物情節起伏，但作者不必隨著人物及內容受到情緒波動，在每個敘事時刻，在寫作的時刻，更是小說生命的重要時刻，應保持適度的冷靜。這個「適度」的冷靜並不是遠距離的旁觀，而是不疏不離的中間等距（Mittlere Distanz），只有如此文字，才可能呈現更多的生活事實和故事發展。

這冷靜不但使他寫了五十多年，也使他對文學安身立命。倫茲正如同走過戰爭的德語作家如君特・葛拉斯、馬丁・懷瑟等人一樣都無法逃避戰爭和納粹這兩個沉重的歷史題目，那一代的作家都懷有更多對國家命運及社會風氣的自覺與自省，因爲活過戰爭，看過社會的變動，不但在創作主題的選擇上，在內容也不乏有那麼一些批判意味，或者文以載道的目的性，但倫茲自認只是說故事，並沒有期待作品要改造社會，他不像葛拉斯與德國左派高層走得很近，甚至動輒對美國發動戰爭等等政治題目表達意見，或者像馬丁・懷瑟經常上媒體發砲，倫茲和德國政治和媒體圈保持了若有似無的距離。

回到寫作，他最欣賞的冷靜風格便是海明威那種，或者是寫《冷血》的卡波堤，甚至湯姆斯．渥夫（Thomas Wolfe），他常常提到美國作家的名字，自承寫作受到美國現代文學的影響，尤其是福克納，因爲福克納讓他明白「過去的並不會這樣過去」，他最崇拜的作家是寫《白鯨記》的梅爾維爾，最想寫的作品卻是像托爾斯泰《戰爭與和平》那樣的作品。

已經七十八歲的倫茲，到今天每天都還敬敬業業在書前寫字，幾乎每天都寫，此外並大量閱讀，他寫作只有一個座右銘：寫，再寫，繼續寫。把所有的人生理念和故事甚至衝突全部化成想法寫下來。他來自邊緣，創造主流，一個虔誠的創作者，一個專注而冷靜的寫作大師。

（二〇〇四）

大聲喊席勒！

「他是一個既奇怪又偉大的人物。」，說話的人是大文豪歌德，他談的對象是德國戲劇家席勒（Friedrich Schiller），「他至爲善變，每個星期都變成另一個人，愈變愈完美，」席勒是歌德的至交，這是他的貼身觀察。而這股力求改變的信心來自於希望，希望和歡愉是席勒作品中最常出現的兩個字眼。

席勒和歌德兩人是十八世紀威瑪古典文學的靈魂人物。席勒以詩作和劇作聞名於世，每個德國學子在學校都必須讀他的詩，他的雕像和歌德並列，在世界文壇留下巨大身影。

而二〇〇五年是席勒年。德國文化部整年都安排了紀念席勒的活動，先在席勒的家鄉曼漢姆劇院推出席勒的劇本，又在威瑪等地辦夜遊席勒，無論在什麼地方，參與的人都愛戴蘋果型帽子（席勒寫作時抽屜裡一定要擺蘋果，他喜歡聞果實的腐味），買了席勒最愛吃的奶油捲，把席勒那些爲耳朵而寫的詩一遍又一遍地朗讀。

那些詩必須以出自內心全部熱情，否則無法朗誦。他的劇本也是，若不是出自靈魂的認同，你很難投入演出（任何作品不都如此？但他的可能更難），他一生也是那麼活過，短暫但全心投入，百分之百的熱情，百分之百的信心。在生命與死亡之間並沒有別的選擇，對他來說，藝術便是宗教，只有通過藝術，人類才可能面對自我命運，並得以超越，只有藉由藝術，人類才可能領略眞實的自由。而自由也是一切。

在歐洲，提到席勒這個名字，總有點小心翼翼和退卻。他的名字曾與納粹並連，那是因爲當年納粹也喜歡他的作品，那是因爲一九三四年，幾千名納粹青年聚集在馬巴市讚揚他，爾後，納粹總是會提及他，認爲他「是德國的拯救主和領導人」，還有一些納粹作家宣稱，「他站在希特勒旁邊，與希特勒一起抗戰！」

那些人是錯的。那些人帶著褊狹的眼光讀席勒，然後把席勒捧成納粹的同路人，席勒地下有知，一定咳得很嚴重（他死於肺疾，生前便老咳嗽）。諷刺的是，席勒在共產時代的東德也是英雄，當時在東德，改編他劇本的作品何其多，席勒還因其作品充滿馬克思主義精神而飽受盛譽。在革命的時代，恩格斯也說過，席勒「是德國首席政治劇作家」，是古典中的古典，不祇是詩意的天才，還是馬克斯最親密的戰友。

席勒只是這麼說，「藝術是宗教，藝術也是遊戲」，如果人類喪失了尊嚴，藝術可以挽回它，從形而上的觀點來看，藝術可能是幻相，但確實是夢幻的眞實，只是眞實隱藏在幻想和不實之中。席勒的一生都在創作夢幻的眞實，他說，他生下來是爲了長成更好的人，他在希望與宿命的衝突中創作，那不但是他的人生主題，也是作品的主題。

席勒和歌德的友情稀有而特殊，早年，席勒年輕浪蕩的歲月曾經痛恨他的長輩歌德，但那多少帶著叛逆的精神，一旦與歌德結識，他逐漸發現，歌德其實是他的知音，二人從此無話不談，彼此在文學上互有影響。

可惜席勒英才早逝，死得滿痛苦。他死後，歌德將他的頭蓋骨置於自己的寫字桌前，他的作品也影響了無數的人和許多歐洲重要創作者，包括杜斯妥也夫斯基，他推崇席勒的詩作，精神分析的創始人佛洛依德分析席勒早年的詩作，並從中理解衝動與表現，佛洛依德對席勒也情有獨鍾，他在席勒的作品中看到飢渴和愛的巨大能量。

至於布萊希特，如果沒有席勒，會有疏離劇場大師布萊希特嗎？如果沒有席勒對劇場的精神指導？他強調劇場是道德的學校，如果沒有席勒的 Wallenstein，會有「勇氣母親」這樣的作品嗎？

時至今日，詩人席勒就是德國文化，德國人不必在提席勒時戰戰兢兢，深恐政治不正確，遭人劈砍，德國人可以爲席勒驕傲，並且大聲說出他的名字。

（二〇〇五）

愛倫坡那令人驚悚的文學城堡

愛倫坡（Edgar Allan Poe）是啓蒙現代文學的大師和先哲，他去世一百五十六年後，對現代文學所投下巨大的身影，令人不敢逼視，沒有他，半部西洋現代文學史得改寫。

愛倫坡的短篇小說以怪異見長，他以前所未見的文學技巧和詩性文字完美地呈現人類的黑暗大陸，在他創造的作品中，恐怖擁抱邏輯，瘋狂尾隨命運，每個人都是夢魘的偵探，靈異可以極端，可以優雅，也可以寓藏密碼學符號及充滿文學象徵興味，他要說的是：人生是一場夢，所有我們所看到的都是夢裡的夢。

愛倫坡是詩人和短篇小說家，也是文學評論家。他是偵探小說和驚悚小說的始祖，一百多年來，受到他影響的作家多得數不清，只能說，沒受到他影響的作家屈指可數，他的偵探、恐怖及驚悚小說是經典圭臬，檢驗起來，後代的類型小說創作沒有人在形式或文學表現上超越過他。且他更深刻，形式更多變，更巧妙。他將哲學和文思寫進故事，經常援用象徵或符號，早在一個半世紀，他便是隱喻大師，他不是爲他那一代的人寫作，他是爲未來，是爲我們這一代的讀者而寫。

任何人讀愛倫坡恐怕只能永誌難忘。那些恐怖的畫面和人性的掙扎統一成一種驚人的美感，那理性的分析文筆，逐字滲透／演化／進入惡性的表裡，製造佈置危險的吸引和氛圍，小說人物走入人性的黑暗，讀者也隨之進入令人驚異的旅途，有時似乎都可以聞到潮濕的木栓味，更或者屍味。愛倫坡以冷冷的光線描繪這個世界，他以推理的文字建構了一個巨大陰鬱的文學城堡。其短篇小說所傳達的恐怖之美，得以驚擾讀者的心，也許他的用意正是向不安的讀者指出，走過黑暗險惡，才能看到人生美好，只有透過對死亡的最高懷疑，才能深刻認知生命的眞實。

愛倫坡最早及最忠實的讀者是法國詩人波特萊爾，波特萊爾景仰大師之餘，窮盡畢生之力翻譯愛倫坡的作品，除了波特萊爾，許多歐洲文學家也讚嘆愛倫坡文學作品的鬼斧神工，如法國詩人梵樂希，德國戲劇家席勒。波特萊爾後來成爲法國詩壇祭酒，他最著名的詩集《惡之華》便有愛倫坡思想的痕跡。

愛倫坡一生創作主題離不開個人悲劇及童年的噩夢，「從小我便和別人不一樣，我看到的跟別人不一樣，我的熱情來源也和別人不一樣，」一八〇九年生於波士頓的一個演藝之家，父母在他出生後相繼過世，一位富商夫人愛倫說服夫婿收養坡家的孤兒，從此他複姓叫愛倫坡，童年的他常聽來家裡做生意的海員或船長講靈異故事，因想像力過於豐富，六歲時有一次夜晚獨自經過墓園，嚇得全身麻痺，他以為墓中的殭屍其實未死，將起身追趕他。

愛倫坡與養父關係不睦，在一場毆打後，大學時代的愛倫坡離家，自費出版詩集，並且決定從軍，他就讀西點軍校，那時他年紀已比同學大了幾歲，但身體羸弱，他在學校大量閱讀文學作品，尤其浪漫派詩人作品，如雪萊、濟慈及拜倫，除此之外，他也賭博，經常欠債，不久，他退學搬去與嬸嬸和表妹維吉妮亞同住。

一八三二年，愛倫坡為了文學獎的獎金，開始撰寫第一篇短篇小說，果然，獎金入手，那時，他開始吸食鴉片，在那個荒涼的年代，吸鴉片並不足為奇，只不過，他愛上一位叫德維候的女子，但因吸毒及醉酒後的暴戾行為，兩人很快分手，那使他再一次陷入痛苦的精神深淵。

吸毒和酗酒問題愈來愈惡化，他在南方文學通訊雜誌找到編輯工作，他娶了表妹維吉妮亞，那時她只有十三歲，但對外宣稱她已廿一歲，爲了養家，他換了不少工作，在波士頓紳士雜誌工作的那些年，他開始寫起這些超現實和怪異的短篇小說，他辦起自己夢想中的文學雜誌，先叫 The Penn Magazine，後改名 The Stylus。

一八四二年，也就是愛倫坡死前的七年，他的妻子維吉妮亞在一個晚餐宴會上演奏，彈著豎琴並唱著歌，突然，她劇烈地咳嗽，並且大量吐血，血漬流在她的白色禮服上，這證實了家族的遺傳，愛倫坡的父母也都死於神秘的肺結核病，此時，愛倫坡的人生暴風雨已悄然掩至，悲劇命運的走向已注定。

妻子臥病不起，愛倫坡找出女子德維候的地址，專程跑到紐約，他坐在她家門口，只爲了等到她回來，他一看到她，立刻迎頭痛罵她不愛她那時的丈夫。幾天後，他衣衫襤褸，在森林裡遊蕩，被人發現。

看著維吉妮亞逐日走向死亡，愛倫坡潛意識的自毀意圖也更加深。一八四五年的〈大鴉〉（The Raven）便是對死者最深的思念，一首禮讚死亡的長詩，半夜的烏鴉只聒噪著：不再，不再（nevermore），全詩多次重複不再（nevermore），銜接現今（anymore），跳及將來（evermore），或者了無（nothing more）詩極難翻譯，那是黑暗音樂，那是旋律的魔術，那是充滿抑揚頓挫的文字藝術，純粹之極的詩感。

愛倫坡是文學的開創者和先知，他一生可說悲慘潦倒，〈大鴉〉鴉刊登後，幾週內洛陽紙貴，從此一印再印，可惜那時沒有智慧財產權，愛倫坡名聲遠播，紅遍全國，但生活仍然窮困。

一八四九年九月，愛倫坡離開親人，他說他要經過巴爾的摩和費城去紐約辦事，他離開時已神志不清，失蹤了五天，連巴爾的摩都沒抵達，穿著不知名人士的衣服，昏迷不醒，被人送去醫院，幾天後便死了，死前只說了：上帝，救救我可憐的靈魂！

對一些愛倫坡迷而言，愛倫坡的作品是一部密碼學，不但如此，愛倫坡尚活著。他們認爲愛倫坡作品是一系列有系統的密碼結構，在〈金甲蟲〉一文中，讀者不難看出愛倫坡對解讀密碼的偏好，但至於愛倫坡留下什麼密碼待解？至今無人知曉。但是他確實是不朽的，他在文學史上留下一個駭然、巨大及孤獨的城堡。

但她留下一本日記

一九四二年，安妮．法蘭克和家人逃亡到荷蘭阿姆斯特丹，爲了逃避納粹追殺，全家人藏在城外一家工廠密室內，安妮從那天起寫日記。那年她十三歲，她寫了兩年，然後全家被人出賣，荷蘭納粹將他們送回德國集中營，安妮在大戰結束前得了斑疹傷寒，未能等到大戰結束，便了結一生。

但她留下一本日記。這本書在安妮死後三年出版，立刻造成轟動，至今已譯成二十五國以上語言，賣出三千萬冊以上，有人說，安妮的日記是迄今除了聖經之外最暢銷的書。

這本日記詳述那兩年隱匿不爲人知的生活，安妮全家原住德國，因當地反猶氣氛越來越濃厚，她父親遂帶著全家移居荷蘭去開公司，沒想到納粹隨後也佔領荷蘭，安妮的父親只好在他開設的公司倉庫上另闢密室，除了一家四口還和另一家人及一位牙醫朋友共八人擠在密不通風的房間裡避難。

由於舊建築地板隔音差，而樓下每天八時起到下午五時半都有人上班，樓上密室作息時間和樓下必須完全相反，不能出聲，安妮在白天多半以寫日記抒發情感，打發時間。

安妮的日記並不是文學作品，而是一個十三歲孩子想當作家前的磨練，而安妮所經歷的浩劫有史以來很少人經歷過，一個十三歲的孩子在短時間內被迫長大成人。有人說，任何被追殺的猶太人只要認眞記錄每天的生活，都是不可取代的傑作。細讀安妮的日記，雖記錄瑣事但文字生動，有成爲大作家的條件，那已超越十三歲少女的文筆。

安妮被送到德國貝森山集中營後，她姊姊瑪歌得了傷寒，在姊姊逝世後，安妮也被傳染，她一個人又餓又病，不知道她唯一存活的父親正在找她。一個至今倖存的安妮好友描述，她們當時在集中營區再見時，隔著高高的牆，她隱約看到安妮在發抖，安妮忍不住哭出來，第一句話是「我再也沒有家人了」，第二句話則是「我們這區好幾天沒東西吃了，好餓」。這位朋友偷偷從牆上丟一包私藏的食物給她，但牆外的哭聲更大了，她才知道有人把食物搶走了。

隔幾天，安妮便死了。這個故事目前由好萊塢片商製作，由班・金斯利飾演安妮的父親，電影製作過程中最引人入勝的是由一群捷克工匠所再造的法蘭克祕密邊間，取材自當年安妮的描述，每個細節都不放過，將歷史帶回現場。本片的大製作可比當年「辛德勒名單」，而安妮的日記也在歐美重掀熱潮，當年以荷蘭文寫下的日記又重新出版。

（二〇〇四）

花了九年才把憤怒寫出來

克莉斯蒂娃（Kristeva）是法國當代著名的語言學家、心理分析家及女性主義者，寫了二十本論述和散文集，她從九〇年代開始寫小說，第四本從一九九五年開筆寫了九年，今年春天才寫完，書名叫《拜占庭之死》（*Meurtre á Byzance*）。

這九年發生了許多事，克莉斯蒂娃到美國大學客居授課，再度離鄉背井；母親的過世；九一一事件發生，美國連續以不明的罪名發動兩次戰爭。這個世界已經不是從前那個世界。文明的起始到底是語言還是愛？應該是恨吧，佛洛依德理論的核心是對閹割的恐懼，而所有人類心理問題都圍繞在害怕、悲哀和憤怒打轉，問題是你怎麼把憤怒表達出來呢？就算你是拉岡之後最重要的心理分析理論者如克莉斯蒂娃？

克莉斯蒂娃花了九年終於把憤怒寫了出來。這本小說有關她的出身，有關流亡、陌生感和母性，這本小說談的也是異性情感，尤其身分認同，一段回返歷史的時間之旅，一本悼念母親的書，其實是克莉斯蒂娃的自傳，也是她第一次處理她與保加利亞的祖國情感。在此之前，沒有多少人確實知道她來自保加利亞這件事對她有多重要，她常令人想起像卡繆這樣的法文作家，因來自北非，有著不同文化的背景，他們反而比法國本土作家更豐富多元。

克莉斯蒂娃這個保加利亞姓氏原意是十字架，這本小說也是她回到出生地的姓名考。保加利亞是當年拜占庭文明重鎮，而加州聖塔巴巴拉則象徵今日西方腐敗，克莉斯蒂娃取材十一世紀的十字軍東征人物保加利亞公主安娜．柯內（Anne Commlene），將歷史軼事編織成一部現代偵探小說，當第七件連續神祕死亡案件發生後，展開調查的法官瑞史基發現一位聖塔巴巴拉大學教授也失蹤了，在密集地接觸聯絡下，瑞史基與協助他辦案的女記者史提芬妮．德拉庫發生戀情。

正如小說中的女記者史提芬妮．德拉庫的句子：每一個個人都是由過去所組成，我只能說出我的拜占庭。必須說的是，安娜．柯內公主是一個精采絕倫的歷史人物，但如果是自傳的話，看起來克莉斯蒂娃內在形象應該更接近德拉庫這個人。小說雖有類型小說的形式，但其實對現代西方文明頗多批判，她寫的正是一本政治小說，題材龐大複雜，但主線是談全球化與「新」十字軍東征，而伴隨而來的指涉便是全球化後的人類心靈現象，如遷移與定居、異域與陌生、民族主義與精神游牧。

克莉斯蒂娃可能要說的是，在全球化快速的流動下，人的生活方式大概只有兩種可能性，如果你接受並受到異國文化吸引，你自然遠離民族主義，而如果你排斥異國文化，那你只能成爲堅定的民族主義者，當你信仰民族主義的同時，民族主義者其實也是民族歧視者，此兩難將不停擴大，人與人之間的心靈距離也將擴大，這便是異域。所謂陌生感並不全然與遷移有關，你可能在自己國度裡都是異鄉人。不是對陌路人，你可能對自己最爲陌生。

克莉斯蒂娃喜歡冒險，二十四歲那年也就是一九六五年，離開當時鐵幕重重的保加利亞到巴黎留學，在學院裡立刻得到羅蘭．巴特的垂青和提拔，她原本可以在法國語言學界樹立權威，或成爲巴特的繼承人，但她興趣廣泛，非學心理分析不可。之後，在大學教授普魯斯特，受後者影響，認定小說是最可以承載心理思維的表現方式，從此認眞寫小說。

大師寫小說，尤其是羅蘭．巴特這麼愛的人寫小說，能不受到注目？克莉斯蒂娃的新作也引起討論，而看法是兩極的，像《世界報》那樣傳統權威的文學評論者讚賞有加，認為是她有史以來最爐火純青的創作，當然也是傑作。但一般的讀者卻又在亞馬遜網站上抱怨：旁徵博引，意在言外，難讀死了。

（二〇〇四）

蜘蛛和悲哀的女人才讀詩？

海許．哈尼基斯（Reich Ranickis）是德國重要的文學評論家，一言九鼎，文學地位無人可及，最近以他名義出版了一套詩選集《我的詩選》（*Meine Gedichte*），從八百年來兩百六十八位德語詩人所創作的一千四百首詩中，節錄了二十五冊他最鍾愛的選集，這些詩全有關愛與死亡，他嚴格地整理和挑選，從歌德、席勒、布萊希特到莎拉．基爾許，還有烏拉．韓恩（Ulla Hahn），他雖討厭烏拉．韓恩的小說創作，卻在選集中給她六首詩的篇幅，他仔細挑選斟酌，態度簡直就像自己在寫詩。他在序文中丟出一個大問題：我們需要詩嗎？

我需要詩。

曾經問過一個美國詩人史賓塞．瑞斯，儘管他已是職業詩人，但詩集一年賣不到幾百本，爲什麼他還在寫？他很認眞地找到一個法文字：因爲我是天生的呆子（Imbecile）。除了寫詩，他不會做其他的事。不是不要，是不會。

還有，他忘了說，他寫詩，是因爲他喜歡寫。

小說家唐・德利諾（Don Delilo）最新的作品《*Cosmopolis*》裡的主人翁是紐約證券交易所的交易員，他也喜歡半夜讀詩，有人覺得奇怪，也問唐・德利諾，他的小說人物爲什麼讀詩？

唐・德利諾說：詩讓那個人自覺到自己還活著，詩讓他呼吸。

我也這麼想：不但詩讀得不夠，可能也應該試著寫詩。不是爲了發表，而是爲了澄清自我的視野和思考。我可能因爲不讀詩和不寫詩而顯得散漫無章，詩是最好的心靈秩序，最純粹的精神境界。我大部分的時間在現世生活中沉睡，事情發生時渾然不覺，總帶有那麼一點被吵醒的驚愕，原來事情是我想或不是我想的那樣，所遭遇的人事讓我有各種感受，但大部分的時候，我沒有說出來，或者不知不覺用了不精準的語言敘述出來，那些語言也許過於簡化，或過於陳腔濫調，而說出來後，事情的面貌因而不動人。我會不會也逐漸相信那些不精采的文句陳述？

大部分的時候，人的想像力不逮，可能連眞實都無法想像，因爲與眞實有了隔閡，所以無法讀詩或寫詩，我們只能捕風捉影，只能臆測誹論，我們因為缺乏靈感而看不到自己。

我還這麼想：如果我能寫詩，我一定比現在平靜。詩會讓我好好活下去，且知道自己為什麼活著，詩一定是生活的憑依，反駁死亡的藉口。我有那麼多的人生故事，但因缺乏詩句，使那些擺在抽屜中的故事，顯得黯淡無奇。詩一定是文字語言的魔術，能使那些片刻生活顯現美好的折射，否則思想就像陽光下的灰塵在空氣中飄浮，情節就像分散的珍珠不能串聯。詩會替我們篩選潤飾，詩會安撫我們的身心，詩會使靈魂擁有名字。

好吧，我可能不同意海許．哈尼基斯許多看法，但我同意他：我們需要詩。哈尼基斯是獨裁的，他的評論大大影響書市，使得他也與許多重要德國文人決裂，如昆德．葛拉斯，如馬丁．華爾瑟，但很多作家則私下奉承他，如烏拉．韓恩。八十三歲的哈尼基斯是猶太裔，據他說，早年在華沙集中營時便常讀詩，是「詩篇激發起他的求生力量」。

除了海許．哈尼基斯和唐．德利諾，現今人已不再讀詩，許多人嘲笑詩篇，他們說：「除了蜘蛛和悲哀的女人，沒有人要讀詩了。」

我們是否需要詩？哈尼基斯的回答是：是的，詩是令人愉悅的遊戲，只有會遊戲的人，就像大文豪席勒說的，「才是完整的人。」

因爲詩，我突然覺得一向聒噪的哈尼基斯其實也不那麼令人討厭了。

（二〇〇三）

非關命運，非關諾貝爾

因惹・卡爾特斯十日上午在他客座的柏林學院（Wissenschaftskolleg Berlin）宿舍中接到一通電話，接待他的助理告訴他，「一通很重要的電話，」原來是瑞典學院打來的，他成爲二〇〇二諾貝爾獎得主了。從那一刻鐘起，電話便不停打進來，一些記者還專程跑到他下榻的華洛街上等他。

十日中午時分因惹・卡爾特斯接到我的電話後，第一句話便是：「我知道妳有許多寶貴問題，明天下午有個記者會，您能不能來？」他說的是流暢好聽的德文，說完電話便被助理小姐接走，那位小姐也很客氣地說，客廳裡都是要訪問他的人，妳可不可以明天來。

因惹・卡爾特斯是幾週前接受柏林學院的邀請，做爲期一年的學院客座研究，他將在華洛街停留十個月左右。柏林學院每年都有計畫邀請著名的科學及人文界學者、教授及作家。

巧合的是，九日晚上，因惹・卡爾特斯也得到德國文學界一項大獎——漢斯薩爾文學獎，昨天晚上便有許多記者要訪問他，他說：「關於集中營的事，請快問吧，我們是最後一群浩劫餘生者，再下去就沒人了。」

因惹・卡爾特斯得獎後，最高興的便是他的新出版社蘇爾坎普，目前人在法蘭克福書展的出版社經理魏斯說：「我們當然高興，可能比他更高興，我們壓對寶了。」半年前，因惹・卡爾特斯才從侯渥特出版社換到蘇爾坎普，「不過，要說的是，他不但是傑出的作家，並且也是一個可愛至極的人。」「在宣布得獎前，根本沒人相信他會得獎。」

轉問起那兩位協助諾貝爾作家接電話的助理，「他大部分的時間都在他的房間寫作，應該是用匈牙利文寫吧，他在寫的新書已有書名《消滅》（*Liquidation*），內容是東西圍牆倒場之後，一切毀滅，突然而來的自由，完全無以名目的死亡，身分資料被銷毀改造，沒有任何線索留下來，連歷史都沒有了。」

因惹・卡爾特斯九日晚上在得獎後說，東歐共產政權倒場其實也是一場浩劫，就好像一切全被抹去，連一點痕跡全不剩下，同時，新任諾貝爾大師也表示：「我透過這本新的小說再度將眼光投射至納粹集中營，甚至及於集中營的下一代。」

卡爾特斯在四四年至四五年間在納粹集中營住了一年，當時他十五歲。一九七五年他以匈牙利文寫下他的集中營歲月《非關命運》，可惜在匈牙利無人問津，一九九六年翻譯成德文後，立刻成爲搶手書，因惹・卡爾特斯因此在德國文壇享有盛名。

（二〇〇〇）

愛畫鼠輩的葛拉斯

「這是一個世紀性的決定」，德國筆會三十日中午在獲知君特・葛拉斯（Günter Wilhelm Grass）獲得諾貝爾文學獎後的第一個反應。「或者葛拉斯的最後一本書書名叫《我的世紀》不是巧合」，該會巴伐利亞邦分會長狄提西高興地說，「德國文藝界爲葛拉斯備感驕傲。」

「我們又驚又喜，」《南德日報》副刊主編賽德爾說，「他已被提名太多年了，我們不敢相信這次會成眞。」作家兼主編的賽德爾表示，在德國境內，葛拉斯一直被視爲繼波爾（H. Boell）之後最重要的作家，「他著作太豐富了，絕不是『一書成名的作家』」，而且不只在文藝界，葛拉斯一向的積極社會性，使他與德國政治界關係非凡，他在德國輿論界一言九鼎，但是他的政治立場使不少批評家對他恨之入骨，也許「他是當今世界文壇最常被提起的名字之一，但他並不是最受德國人歡迎的本土作家。」

德國著名的文學批評家哈尼基斯則不客氣地發表評論，「葛拉斯的作品每下愈況，諾貝爾文學獎評審沒讀完他全部的書，」哈尼基斯過去曾是葛拉斯的忠實支持者，但是兩人逐漸關係疏離，最近哈尼基斯曾對媒體表示，「葛拉斯不滿我的批評，想謀殺我！」葛拉斯最引起爭議的政治立場是他反對德國統一，他曾多次表示他反對東德「廉價被拍賣掉，連基本的國格都無法保留」，他一再批評德國政府處理東德問題的草率。

另一個引起譁然的話題是葛拉斯支持庫德族在德國境內的活動，葛拉斯在兩年前庫德裔作家卡美爾訪德時發表感想，「身爲德國人我感到非常丟臉，因爲這是一個只講經濟發展、到處賣武器的國家。」

德國作家達里留斯在獲知葛拉斯得獎後說：「葛拉斯是許多德國作家的模範代表」，達里留斯年輕時有幸與葛拉斯來往，並曾拜師於大作家，葛拉斯當時勸他別攻讀什麼學位，「你必須去酒館當服務生，那才是作家眞正的學校！」達里留斯並未跟從他的導師，他說：「葛拉斯是不爲人知的無政府主義者」，他總是執著於自己的政治理想。很多人不相信，他也是一個相當傑出的工匠和版畫家，他善於素描，尤其畫自己和老鼠。

（一九九九）

為「情感」編史的人

德國最重要的文學獎項布許納文學獎（Gerorg Buechner Preis）今年將獎座頒給亞歷山大・克魯格（Alexander Kluge），理由是他的作品具有史詩般力量，冷靜與眞切地反映現代社會與人類處境的矛盾和疑問。

葛又格・布許納文學獎多半在年輕新銳作家中遴選，克魯格今年七十三歲，得獎相當出人意外，他十多年來未出版作品，去年推出寫了十年的《情感編年史》（*Chronik der Gefuehle*），很多人相信是該作品感動了評審，書分成兩大冊，以散文的形式呈現一部生活、文化和政治的編年紀事，據克魯格表示，此書整整寫了十年，寫作的理由是基於對蘇聯解體的深刻感觸。

克魯格的寫作生涯很特別，他是在近五十歲時才出版第一本書。慕尼黑人，早年習法律，很快放棄律師工作，學習文藝的過程中遇見兩名大師，一是哲學家阿德諾（Adorno），一是電影導演費茲・梁（Fritz Lang），這兩人分別對他的寫作和電影導演有重要的影響。克魯格先是以電影起家，早期一部叫「戰地現場描繪」的劇情片引起廣泛注目，內容描述進攻蘇俄的納粹軍隊之毀滅，劇本充滿人文批評精神，是作家電影的濫觴。

克魯格電影富散文風格，而其寫作不但視覺性強，社會政治批評感也很重，近年來，他的電影作品延續強烈人文批判精神。除了寫作，他還成立跨國影像工作室，目前德國重要電視頻道的文化節目都由其工作室製作。

（二〇〇〇）

白色文字

柯慈已經放棄非洲了。身為德國後裔，他的祖先在大半世紀前來到開普敦好望角，與大多數荷裔移民有一樣奇特的認同，習慣以語言和意義作為鬥爭及管理的工具，也自以為勞力可以交換土地莊園，在謎般的大地中迷失，柯慈把自己寫進殖民者的歷史關注，這是他畢生的創作主題，現在他放棄了，南非已不是南非了。

他也得了諾貝爾文學獎。理由應該是他比任何人都更明白：任何來自文明的行動都是殘酷的行動。以及他文筆迷人，不但帶有點自嘲者的微笑，且文學風格變化多端，不論置身故事與否，都能把個人與歷史並列，不只客觀也更為宏觀。

當瑞典發出諾貝爾文學獎得主名單時，柯慈人正在芝加哥，他的伴侶桃樂絲．戴佛取得芝加哥法蘭克基金會的獎學金，他陪著她在那裡住了一段時間，將在這幾天返回澳洲。柯慈爲了戴佛已移民澳洲，他是亞特萊德大學英文系榮譽客座教授，戴佛則是英文系助理教授。戴佛更年輕時花很多時間研究柯慈。

柯慈繼承了早期南非白人作家丹希佛的農莊文學傳統，但更接近反田園派的史帥納，若說作家米林說盡南非白人移民在惡劣環境求生存的紀錄，柯慈比任何人都更自覺於白人的殖民意識，奉勤奮爲生活最高價值，如果文明行動是殘酷的，作爲白人作家，只能見證一切殘酷之下的存活。

柯慈在美國德州大學讀書時博士題目爲貝克特，他的虛無既不是現代主義式的虛無，也不是殖民者的虛無：你將無法擁有土地，你也不是你自己……

（二〇〇一）

得到你的心或者死

《悲傷動物》是一則世紀愛情的懷念曲，有關兩德之間的愛戀情深，莫妮卡・瑪儂(Monika Maron)在九六年間春蠶吐絲，把她親身經歷的故事寫成長篇，吐成一個完美無缺的繭。

莫妮卡・瑪儂是前東德作家群中重量級的一位，與克麗斯塔・沃夫（Christa Wolf）齊名。她擅長女性情慾書寫，文筆具少見的優美，帶著一股憂鬱氣質，題材的政治傾向，令德國文學評論家不敢輕視。她一生和其寫作與前東德祕密警察系統和東德社會統一黨關係密不可分，兩者也在她的創作和人生留下深刻的烙記。

《悲傷動物》與瑪儂之前的作品截然不同，她選擇了一個發生在柏林及後統一時代的愛情故事，把個人回憶和傷痛揉合入歷史的現場，編織一本如同神話般的小說。故事敘述者在不年輕也不老的時候遇見一個男人，在那個命運決定的夏天，一個前東德女動物學家在自然歷史博物館的腕龍骨骼前遇見一名西德學者，腕龍的殘骸見證了一段激烈、佔有、侵奪（腕龍的特性，但牠是美麗的動物）及悲劇般的愛情。那個男人沒有爲她留下來，從此她把自己鎖在房間裡，再也不出門了，耽溺在消逝的愛情和感官的愉悅裡，不理會歲月的來去。

不知名的女主角或者也遺忘自己的名字和年紀了，她只對腕龍及一個叫法蘭茨的男人有興趣，並責備人們只管恐龍爲何不再存在這件事，而不在乎恐龍活過的奇妙生命。

莫妮卡・瑪儂的人生經歷相當特殊。一九四一年生於西柏林，她十歲那年，母親和嬸嬸帶著她遷居到東柏林，隨後母親再嫁東德警察局長和內政部長，瑪儂與繼父的關係惡劣之極，使她很早便想遠離東柏林，嚮往回到西德自由的世界，中學畢業後，在德列斯登的工廠做過女工，之後到東柏林大學修歷史和戲劇，擔任導演助理也寫過劇本，也曾在東德週報當過新聞記者。

一九七〇年，瑪儂終於說服了東德祕警發給她簽證到西德旅行，理由是爲了收集小說資料，但是祕警的交換條件是她回來時必須詳細回報她在西德時與新聞記者訪談的內容，瑪儂的密碼是 Mitzu 。統一後，德國境內廣泛討論前東德作家與祕密警察的關係時，也查出她在七六年間八個月中與祕警接觸頻繁，瑪儂很坦白表示，當年對東德祕警的行徑感到關切與好奇，與他們合作是唯一可深入了解東德政治問題的方法。兩年後，她成爲祕警監控的對象，也上了反政府作家的黑名單，這些經驗和事蹟都被瑪儂出書記錄下來，成爲她創作最重要的內容。

在那個黑名單時代，瑪儂因遭禁，作品只能在西德出版，一九八一年，《飄行的灰燼》（*Flugasche*）在西德問世後，瑪儂與對東德社會主義有忠貞信仰的母親頗不愉快，兩人一整年沒說話。此外，瑪儂也對媒體的報導感到不公，一些人表示該書在西德受到普遍的重視，原因是瑪儂在東德的繼父名聲太大，瑪儂的繼父當時被視爲東德高層中最老硬的史達林派。

八八年，瑪儂終於離開鐵幕遷居到漢堡，她沒想到的是，她費了許多心力才離開東德，而一年後柏林圍牆不費吹灰之力便倒了。她到了漢堡後寫了有關一八八九和一九九〇的歷史經驗，應該是她最重要的作品，另外，她的《帕維爾的信》（*Pawels Briefe*）記錄的是她對家族三代的考證，她的家族經歷威瑪共和國、納粹社會和東西德的分裂及統一，帕維爾是瑪儂的猶太祖父，雖然當年在波蘭從猶太教皈依基督教，但仍然無法改變他被納粹殘殺的命運，《帕》書根據的是帕維爾當年寫給他的女兒也是瑪儂母親的信，是作者闡釋爲何對東德政權深惡痛絕的理由，她把東德政權與希特勒政權相提並論，認爲兩者意識形態十分類似。瑪儂透過該書表達個人的身分認同，她接近及同意祖父，想像她從未謀面的德裔祖母的人生，並反對母親的政治立場。她是受苦的女兒，也是一個沒有父親的女兒。

悲傷動物談的是「黃昏之戀」，也是一個永不放棄的愛情故事，超越道德禁忌，幾乎像一個無政府主義者的表白，所有的秩序都不是秩序，法律也不再是律法，「得到你的心或者死」，這是德國著名詩人克萊斯特（Kleist）的句子，事實上瑪儂熟悉文學引述，她所描述的錯失戀情正像難以融合統一的兩德關係，瑪儂可能要說的是，兩德的關係如此的不平等，東德付出了一切，包括身分與國名，但卻得不到所愛戀情人的心，悲傷動物影射的便是無法統一的兩德，柏林圍牆倒了，但是並未眞正統一，瑪儂指涉的不只是分裂的德國，更是支離破碎及複雜的民族心情。

瑪儂以充滿詩意的文筆寫下一個現代德國社會政治的寓言，她是說，回憶便是身分，你只能在重寫過去中建構自己，只有如此你才能分辨自己的激情和動物性的直覺，她也要告訴讀者如何從狂亂的愛情中存活下來。

她是說，得到你的心或者死。

（二〇〇四）

蘇珊・桑塔格的戰爭

二十一世紀才剛開始，一場「新戰爭」便已登場，其戰爭形式和思維到底該如何界定及分類，政治和國防專家都還無法下定言，但一場文化論戰卻已熱烈展開，其中最具爭議性的人物便是美國社會評論及散文家蘇珊・桑塔格（Susan Sontag）。

一手寫文化評論一手寫散文，甚至還導過舞台劇的蘇珊・桑塔格一向以文化批評受到重視。在九一一事件發生後，她應歐洲媒體之邀立刻發表文章。桑塔格將箭頭射向美國右派總統布希，不但嚴厲批評其「美國牛仔式」的世界觀，並且表示美國社會充斥極端的愛國主義，在政府及新聞媒體共同「愚昧」的操縱和炒作下，使美國人在面對恐怖悲傷的九一一事件打擊時，只有愈來愈遠離事實眞相。

桑塔格的文章在歐洲多家重要報紙如德國《法蘭克福廣訊報》及法國《世界報》發表，並獲得歐洲一些反戰知識分子極大的共鳴。桑塔格認爲，美國政府在媒體的協助下，控制了社會大眾普遍的道德情緒，進行的是集體催眠，美其名捍衛和維護民主和自由，而所談卻是「獨裁式的民主」。

八〇年代以《在美國》及《火山情人》等著作在歐洲評論界聲譽鵲起的桑塔格，本人也住在紐約，她文章發表後最受人攻擊的便是其中對「恐怖」一詞的理解和界說，「在面對九一一事件時，沒有什麼比發現美國社會愈來愈遠離事實眞相這件事更爲恐怖。」這篇文章不但在歐洲立刻引起爭議，在美國文化界甚至引來圍剿，因爲桑塔格不但批判美國，甚至在文章中表示理解恐怖分子的勇氣，「他們從來不是懦夫，他們唯一不缺乏的便是勇氣。」

桑塔格表示，美國社會對恐怖分子的行動做了偏離事實的詮釋，政府在新聞媒體的配合下，嚴重誤導美國人對恐怖分子發動九一一攻擊行動的理解。恐怖分子攻擊的並不是媒體或美國政府所宣稱的「西方文明」或者「全世界」，也不是所謂的「自由國度」，恐怖分子處心積慮要對付的只是「美國」或者「霸權主義的美國」，而這次事件正是美國霸權主義政治的後果。

桑塔格說，許多美國人仍不知道美軍一直到九一一之前從未停止對伊拉克的轟炸，也從來不明白美國政府的中東政策。九一一事件之所以發生，並不是因爲「恐怖分子都是狂熱基本教義派的歹徒或瘋子」，而是美國情報局和國防政策失當，尤其是長期以來中東政策的失敗所致，美國面對的並不是珍珠港事件，而是一連串政策失誤而引發的報復後果。

桑塔格對美國總統布希的批判非常嚴厲，她說，在九一一事件後，布希只會像電腦人般重複表示美國人「站在正義的這一邊」、「凶手將遭懲罰」、「美國是強大的國家」，而新聞媒體也不斷煽動大眾的情緒，使得美國社會充斥著愛國意識和盲目的民主認知。

桑塔格說，強大的美國從未面對的便是「除了強大，美國還有什麼」這樣的事實，而強大的美國根本從來不是疑問，而是問題的本身。

這篇文章引起美歐文化界的爭執，美國文化界並點名批判桑塔格，桑塔格不得不再發表第二篇文章，爲她先前的言論道歉，並爲美國在阿富汗的軍事行動辯護。她收回之前對美國政府的攻擊，表示「將九一一事件的結果歸之於美國自己的責任」，是「傷風敗俗」的事。但她仍然強調，百分之九十盲目支持美國政府的美國人與過去蘇聯民眾支持他們的獨裁者的行爲無異，桑塔格並對美國媒體「自我查禁」的作風感到不解。

桑塔格在此次九一一事件言論遭圍剿的例子，令人想起北約轟炸南斯拉夫後，奧地利旅法作家彼得・韓克的處境。韓克當時表示贊同米洛謝維奇在科索夫的作法，並且在轟炸期間前往貝爾格勒，同時發表文章表示，「要炸就一起把我炸死」，韓克的言論當時也在歐洲文化界引起一陣撻伐。

相對的，由於美歐社會對伊斯蘭教激進恐怖分子的「恐怖主義」，除了軍事攻擊外沒有具體的因應措施，且回教世界的文化菁英尚未對恐怖分子的屠殺行動與回教和平眞義做出區分和詮釋，在這當中，桑塔格的異議分子角色不但可能更難扮演，也是一個典型而鮮活的新世紀文化批判教材。

（二〇〇一）

頒一個獎給自己

多年來，外界只對海珊留下政治獨裁的印象，卻鮮少知道海珊的文學獨裁事蹟。

一九六八年海珊掌控伊拉克大權後，遜尼派的高壓政策使得伊拉克境內什謝族和庫德等族人民開始大量逃亡，僅兩伊戰爭到上次波斯灣戰爭之際，離開伊拉克的人口已近四百萬，除了反對黨菁英和知識分子外，其中包括許多境內重要作家。

伊拉克文學二十三年來陷入文學鎮壓大風暴，寫作的人愈來愈少，不但未步上現代化，原來豐富多采的敘述文學傳統不再，且很可能倒退至中古世紀都不如。

伊拉克海外作家沙蘭・亞部德（Salam Abboud）最近便在歐洲媒體上重力批

判海珊的文學獨裁，亞部德說，在海珊有力的扶植下，伊拉克文學充斥暴力文化，原有的阿拉伯詩歌和文學傳統已被屠殺殆盡，現代的伊拉克文學面貌殘破不堪，只剩下一片沙漠，文學代言人已剩下一個：海珊他自己。

三年前海珊出版了第一本小說《莎碧達和國王》後，最近又出版另一本小說《攻不進的城堡》，故事表面模仿莎劇《羅密歐與茱麗葉》，一個伊拉克Baath的行動派愛上一個庫德族女學生，他必須在愛人與家族間做一選擇，儘管女學生為他付出一切，但最後男主人翁毅然選擇自己的家族，慧劍斷情絲……

海珊不但自認是阿拉伯世界中最偉大的作家，且是阿拉伯最傑出的作家，那一年他靈感泉湧，自覺有必要傳授伊國人民寫作技巧，便大幅召開國家文學會議，把境內五十多位作家集合於一廳，明示他的寫作心得：文學便是武器。文學只有一個目的：必須讚揚戰爭之母。所有的文學作品以小說最珍貴，海珊告訴伊拉克境內作家，且最好寫長篇，短篇沒有力道，小說裡一定要有個英雄，作者必須像農夫種田那樣，仔細地種下人民對敵人的恨。

在那之後，伊拉克文學界便充斥與海珊風格一致的作品，故事內容不外是兩伊戰爭及波斯灣戰爭下的英勇伊軍。作家不但相繼模仿海珊，而且還四處頌揚他，伊拉克境內最重要的詩人哈密・薩依德（Hamid Said）便如此讚揚海珊：我們領導人的語彙如此精準，他使用語言正像煉金師使用黃金，另一位著名的作家亞杜爾・瓦希（Adul Wahid）甚至在一段時間內只以「我的領袖」爲字首寫詩。

海珊強迫作家像機器一樣去創造恨的文學，他若翻開這三年的伊拉克文學作品，可以說是如願了。一位前幾年離開伊拉克的作家胡薩依夫便說，不跟隨海珊的話，你便不再存在，從前他們被海珊鎮壓，不得亂寫，自從海珊成爲文學導師之後，伊拉克作家又不得不寫，寫作變成苦差事。

而在文學大會召開後，伊拉克作家決定爲文學效命，首先便是要鼓勵寫作，因此文學家們設立一個文學獎，這個文學獎不但命名「海珊文學獎」，第一位得獎人還是海珊本人。

（二○○二）

美國：訃聞

冷戰後，美國挾持其軍事、經濟和文化的優勢發展，已逐漸成爲世界霸權國家，在歐洲史家眼裡，美國無疑已是二十一世紀的新帝國。同時，美國也與過去舊帝國的例子相仿，正在受其自身帝國極權的侵蝕，美國高估自己的權力和能力，伊拉克戰爭便是美國新帝國主義衰退的前兆。

歐洲知識分子不但關注新帝國的發展，也相當注意布希現象。法國作家陶德最近出版新書，題目開門見山便叫《美國：訃聞》，陶德認爲，美國新帝國在冷戰後崛起，但九一一後，其優勢開始轉劣，目前伊拉克戰爭是其第一個宣告衰退的舞台。美國新帝國的衰退與過去歷史上的羅馬帝國衰退的例子極爲相像，都是因爲沒有必要的擴張和權力顯耀。

陶德也表示，美國政府意識到衰退的警訊，所以必須策劃一場精心規劃的戰爭，以展示其軍事武器及國力，布希不但羞辱聯合國，謾罵法、德等國，還必須爲自己找出戰爭的理由，最重要的是要重新規劃世界新秩序。

另一位法國歷史家卡根也說，美國受到自身極權和民主的反撲，他們看到國家衰退的警訊，卻不願承認，他們矛盾地使用外交手段，不但眼光短淺，沒有耐心，一方面自我保護意識過於濃厚，一方面又沾沾自喜，一旦無法以外交手段達到短期目標，便使用軍事武器，卡根說，美國政府過度使用軍事手段，行爲幾近自毀，最後也終將毀掉自己的霸權。

富蘭克林曾說：美國事務便是人類事務。這個名言警句現在已永遠畫上句點。布希有忠誠的信仰，只可惜他的正義感不對勁，曾獲得諾貝爾和平獎的南非主教屠圖便這麼說，而很多人都知道，布希出兵之際最介意的是沒有得到教會支持，無論是英國主教會或美國長老教會，甚至羅馬教廷，幾乎都要他三思後行，盡可能避戰。

布希政府早有意出兵，卻對世界演出一場「戰爭無法避免」的秀，除了布萊爾，找來幾個不搭調的配角，他一直假裝是否出兵仍有討論的空間，沒想到真的有人發言反對出兵，且反對者眾，使他拂袖而去，美國一直無法說服許多人，於是改變說法：若不攻擊海珊，海珊會攻擊美國。這是帝國式的預防性攻擊戰爭，完全不合乎二十一世紀的國際法邏輯。

但已沒有任何力量可以阻止美國這麼做。

（二〇〇一）

文學森林需要拿斧頭砍的人

著名美國文學批評家戴爾．別克（Dale Peck）最近在文壇引起大風暴，起因是他的「斧頭式」的批評風格，使他不但家門常被丟狗屎，且還挨他無情批評的作家痛揍。

痛打他的人是暢銷作家史坦利．克羅奇（Stanley Crouch），克羅奇認爲別克把他的書評爲大濫作品，從此他才從排行榜上跌了下來，克羅奇在餐館與評論家相遇，不但痛打別克一頓，離前還表示，「你若再敢這樣寫我的作品，下場會更糟」，還有，「你那娘娘腔的同志口味！」

別克是美國現代文學的守門人，對暢銷及所謂話題文學批判不遺餘力，批評言論相當尖銳，仇人至少有七十幾人，他認爲文壇目前只製造流行文學，使得一書作家充斥，絕大多數的文學都不值得一讀，本人是同性戀及作家，文筆精湛，寫過幾本相當優秀的小說作品。

別克不同意文壇因爲政治正確性的選擇，經常大作同志文學及非裔作家文學，打他的人便是黑人作家，因爲政治正確性的關係，也有不少讀者站在克羅奇這邊，認爲他打得對，整件事已在網路上大幅張貼討論。

美國社會評論家蘇姍・桑塔格全力支持別克，她引述維吉妮亞吳爾芙的話：「一個好森林需要一個拿斧頭砍的人，」（a man with axe, the forest need him），桑塔格認爲，別克不是挑釁，他的野心是建立現代文學的美學。

別克有尼釆氣質，言之有物，他企圖培養的是撕書文化，凡不符合現代文學標準的書都應該丟入垃圾筒，這就是爲什麼被他罵的人都恨死他，也有人表示，文學批評不該只是罵，應該也有一些建言。但支持別克的人更不少，兩邊人馬在網路上交戰不停，不但口水泡沫滿多，已使美國文學界耆老加以重視。

別克最近出版的文學評論集書名便叫「斧砍工作」（Hatchet Jobs）。

後現代大師的下午

一九八八年羅伯威爾森在巴黎歌劇院排演「聖巴斯提安殉難記」時，我有機會陪了他一個下午，看到後現代戲劇大師許多人性的一面。

羅伯威爾森那時在歐洲聲譽如日中天，各地劇院邀約不斷，他的作品排練時間也相對縮短。下午二時，他先是出席聖劇的記者會，他坐在席上第一句話：今天的午餐，我點了一道魚，那魚在盤子裡對我微笑。

戴眼鏡穿牛仔裝，說話不疾不徐的他，講話時並沒有太多笑容，他的幽默也沒有博得法國人的注意，然後他開始介紹爲聖劇編舞的日本舞踏舞者Hanayagi及法國頂尖舞者派提克・都彭，他尤其把施利・莒蘭（Sylvie Guillem）推崇至無以復加的地步，他說施利如何如何，施利又如何如何，簡直像描述女神。

跟著他離開記者會一起步入電梯，施利・莒蘭正好就在電梯裡，威爾森本來與我嚴肅的對談便立刻結束，他轉身與莒蘭講話，既崇拜又羨慕，彷彿想化身莒蘭成爲像她那樣的人，他的聲音很溫柔，溫柔得像個小男孩，即使那時的他年紀也不年輕了。在聖劇中莒蘭便是他的繆斯，他看莒蘭的眼光既像男性仰慕者，同時也像母親看著懷裡的嬰兒。

而聖巴斯提安既是女身，也是男身。聖巴斯提安既是演員也是舞者，是見證人、經歷者、主導者和觀眾。至於聖劇，它是歌劇，是舞蹈，是戲劇，也是繪畫和裝置藝術，正像他一貫的作品，威爾森集合了所有他能使用的元素，舞台上甚至出現他自己當年設計的後現代風格的座椅。

我們在巴黎歌劇院像迷宮般的空間裡走，他並未忽略我，但他似乎有更重要的事，有什麼事情在催促著他。我們坐在排練場時，他提及亞洲傳統對戲劇文化，他說，除了舞踏還有許多極爲精采的元素，他非常醉心，那時我覺得他的說話理所當然，但多年後的今天，其實想來，威爾森的厲害正是他能在傳統文化中截取精華創造前衛，他是對的。他是羅伯威爾森。

對威爾森而言，表相化便是一切，戲劇除了表相化並無其他。他能在表相化使用個人戲劇語言，那語言如此吸引人，簡直如同童話，而威爾森無論取材爲何，都言之成理。他擅用舞台各項元素，包括燈光音樂音效布景文字，都能使作品風格化，就以音樂而言，早期與前衛音樂家菲利浦葛拉斯合作的作品早已是經典。

羅伯威爾森本人精通舞台設計和燈光設計，他在導戲時幾乎所有的設計都是他一人完成，連道具也出自他的手稿。那個下午他告訴我，他有收集椅子的癖好，已收集了幾百把椅子，後來我曾在一本設計雜誌上看過他收集的椅子，他成立了椅子博物館，平常是博物館，到了晚上椅子都可架在牆上，整個博物館立刻成爲偌大的排練場。

威爾森在紐約附近的排練場排練的時間愈來愈少，他的應邀愈來愈多，他這些年來開始在世界各地的傳統戲曲中提鍊養份，結合他前衛的現代舞台展現，他深信：最傳統的必定也最前衛。

那個下午我們兩人沒有多少的時間談話，然後助理來通知他，按摩時間到了，那對他很重要，因爲他經常腰痠背痛。你可以在按摩邊間等我，做完按摩我們繼續談，我們離開排練場，又在如迷宮的巴黎歌劇院裡繞，終於走到按摩室，按摩師已站在門前等他。

這是我人生中極爲後現代的經歷：在巴黎歌劇院的按摩間裡陪著後現代大師按摩，在邊間等他繼續對話，我聽到他幾度大叫哎依哎依，但按摩後，助理又再度出現，羅伯威爾森走出按摩間，面帶憂色地看著我：你覺得你可以再來一次嗎？我們下一次一定談久一點。

我點點頭。我後來去看了聖巴斯提安殉難記，但我卻未再去過巴黎歌劇院的排練場。

（一九八七）

〈附錄一〉

道家信徒馬歇馬叟

大師住在巴黎郊區，通常打電話給他必須在晚上十一時之後，因爲跟所有演員一樣，「我也是夜貓子。」然後，他侃侃而談，是的，他話說得不少，大部分時間都是他在說，而說話的人是沉默之課的導師，世紀末碩果僅存的默劇代言人，法國公認的文化國寶。當他談起馬歇．馬叟這個名字，彷彿他自己是第三者，他說馬歇．馬叟做了這個，馬歇．馬叟又做了那個。他沒提的是馬歇．馬叟多次得到法國總統頒發特別貢獻勳章及馬歇．馬叟在法國國立藝術學院早被授予永久榮譽席位。險些死於二次大戰的大師對人生的看法並不樂觀，他說他寧爲中國道家信徒。關於他的亞洲巡迴，他的期待非常深，「因爲那裡的觀眾對戲劇的理解力很高。」以下是訪談紀要：

你即將出發前往亞洲巡迴的演出，此刻心情如何？

馬歇・馬叟答：我感到榮幸，在法國文化部支持下，此次我將率領一個十三人的劇團前往演出，過去除了幕後人員，都是我的個人演出，我很高興我的默劇弟子此次也有上台的機會。我去過台灣，對那裡的觀眾印象特別深刻，我覺得與日本的觀眾一樣，台灣觀眾對戲劇的理解力很高，也對默劇保持高度興趣。

問：你這次將是最後一次前往亞洲演出嗎？

馬叟：這肯定將是二十世紀的最後一次。但別看我七十五歲，絕大多數的人體力上無法負荷類似的演出，這是因爲我從事默劇，默劇便是身體的最佳鍛鍊，因此我的體力比一般人強。在歐洲，我屢次看到與我同樣年紀的人，我都以爲我看到我父母，在亞洲則不同，那裡本來便是敬老的社會，對資深演員尤其尊重。

問：馬歇・馬叟已是本世紀默劇的里程碑，下世紀即將來到，你的計畫爲何？

馬叟：這是個好問題。從台灣回來後，我還將去基輔巡迴演出，在法國境內也有幾場表演。之後，馬歇・馬叟劇團將全心投入西元兩千年的新表演計畫中，我們希望在下世紀能呈現完全不同的作品，當然，我比任何人都更盼望默劇的文藝復興即將來到。我在戲劇中找到最眞最美的一面，希望能一直活在舞台上。

問：你在五十一年前所創造的人物比普（Bip）已深深活在廣大觀眾心中，比普似乎不老，他的生命態度十分樂觀？

馬叟：不，比普並不一直都很樂觀。在一些劇碼中，比普是軍人，他甚至不幸遭人槍殺。不過，死後他又重生了，像佛教的輪迴一樣，他有好幾個生命。比普是人類的兄弟，他代表世界的和平、痛苦及光明，無論如何，他會繼續活下去，就像中國道家所說：人生是河流，所有的都會流過，以及再流過。

問：你呢？你的生命態度與比普是否一致？

馬叟：是的，我跟比普一樣不樂觀。只有在看到學生有長足進步，或者生活中一些美好事物時，我才稍稍紓解。我對二十一世紀無法樂觀，我祝福樂觀的人，但我自己寧願是道家的信徒。科學雖有其正面意義，但其毀滅性一樣巨大，我認爲生活再美好，其陰影卻也同時存在。人類動輒發表人道主義的觀點，但是至今核武及法西斯思想從來沒有停過，過去希特勒屠殺無數猶太人，今天在印尼的華人也只因種族不同便遭當地人仇視殺害。這是爲什麼我從事戲劇，因爲我在戲劇中找到最眞及最美的一面，我希望能一直活在舞台上，我死時便是下台鞠躬的時候。

問：你將此次巡迴演出作品獻給卓別林，可否談談你們之間的聯繫？

馬叟：當我仍是孩子的時候，有一天父母帶我到史特拉斯堡的電影院看默片，那是我第一次認識卓別林的默片，當時電影院的觀眾笑聲不斷，只有我一個人一直在哭，沒有人知道，卓別林指引我的是一個生命的寶藏。後來我成爲默劇演員，也開始有了聲名，有一次出發到外地表演，在歐利機場的候機室中遇見了卓別林和他家人，那是我第一次看到他，我很激動地走向他，我告訴他，對我而言，他是我的神。卓別林不可置信地看著我，眼淚也流了下來。

問：你對目前的現代戲劇有何看法？是否感到嘈雜？

馬叟：我不便批評，也從來不批評，我認爲批評是破壞，而我只想建設。我連自己的學生都不批評，只有鼓勵，我不覺得批評有任何意義。

問：你所創辦的馬歇．馬叟國際默劇學院聲名不小，台灣學生如何報名？

馬叟：只要將簡歷及想學默劇的動機寫在信上，寄到學校來即可。我們有日本及香港學生，但一直沒有中國及台灣學生，中國大陸方面還可理解，但台灣是個富庶開放的地方，爲何至今沒有學生來報名，我很納悶。不過，此行到台灣，我將在那裡教授默劇課，我很希望在那裡會遇見對默劇有興趣的年輕人。

（一九九八）

〈附錄二〉

真理與方法

──訪百歲哲學大師伽達瑪

德國的伽達瑪（Hans-Georg Gadamer）是二十世紀最重要的哲學家之一。一九〇〇年出生的伽達馬本人接受專訪爲本世紀做了回顧，兼談戰爭、知識追求及未來人類的發展。這位關心台灣的哲學大師也談及兩岸問題，他認爲下世紀中，共產主義將不復存在；伽達瑪認爲，所謂的「全球化」發展其實並不存在，人類只能透過界限來了解自身，而網際網路和大眾傳播對人類未來的影響有限。這位百歲哲人也祝福新世紀的來臨，以下是訪談紀要：

問：明年二月十一日是您一百歲生日，您如何回顧這個世紀？

答：我活過兩次世界大戰，我也活過納粹時代，但印象最深刻的是第一次世界大戰的饑餓。那是一九一四年，家裡幾乎無食物可吃，我的少年時期大部分時間都在挨餓，尤其我父親當時是普魯士公務員，他極力反對家人去黑市購買食物，戰爭末期，靠著親戚的接濟，才勉強得以存活。

問：經歷過兩次世界大戰，您認爲第三次世界大戰有可能發生嗎？

答：第三次世界大戰會發生，只是時間遲早而已。第三次世界大戰的發生便到了世界末日，我盼望人類彼此能學習避免這一天的來到。

問：您是當代最具碩望，也是最具影響力的哲學家之一，在您的眼中，誰是本世紀最重要的哲學家？

答：海德格及維特根斯坦。

問：柏林圍牆已倒了十年，但兩德人民心中藩籬並未撤除，民族主義在資本主義發展末期究竟扮演何種角色？

答：我很慶幸資本主義的發展強大到夠壓抑民族主義，這也是我們唯一的出路。柏林圍牆倒塌並非人類史上最重要的事件，影響人類最深鉅的事情是核子武器的發明、使用。

問：柏林圍牆倒塌的同一年，北京天安門廣場學生運動慘遭鎮壓，您對此有何看法？

答：中國大陸沒有宗教信仰，有宗教信仰的地區都可提出宗教性的解釋，但無神的政權沒有答案。中國大陸反常的政治思考模式帶來反常的政治決策。我們很難預測中國大陸未來會如何發展，我想，這尤其會對台灣產生無形的壓迫，西方國家應該看到民主和共產的差距，應該有勇氣承認台灣的主權。

我認爲，下一世紀將掌握在中國人手中。這是極其詭異的，尤其那裡毫無人權，人性價値愈來愈偏頗。我一向認爲，台灣保留了中國文化和傳統，我也希望未來中國文化得以繼續在台灣保存。

問：您認爲海峽兩岸兩個實力懸殊的政治實體可能達成共識嗎？民主和共產可能對話嗎？

答：民主和共產不可能對話。我不認爲下一世紀共產主義仍會持續存在。雖然，我也不認爲兩岸會發生戰爭。兩岸問題並不全然只是兩岸中國人的問題，這是全世界的共同問題，譬如中共若使用核武解決台灣問題，其他國家不可能坐視。

我認爲，未來中國大陸一些地區若不像過去蘇聯的解體，則會透過自由貿易和外界的接觸與衝擊，整個系統一定會改變。

問：除了中共的威脅恐嚇，最近台灣也發生大地震，引起人心不安，您可否談談恐懼與害怕？

答：你們有權害怕中共的恐嚇，但地震則不必過於擔心，那絕不會比世界末日更可怕，未來人類很可能會面臨世界末日的來臨，那才是眞正的恐懼。我不悲觀，我不相信世界末日馬上會來臨，我以爲人類活著不是爲了自安而已，只有恐懼害怕才會帶動我們繼續追尋未來，恐懼不但是動力，也是我們的希望所在。

問：您早期是海德格的好友，也是他的學生，您可否談談他對您的影響？

答：我跟隨過海德格，但那是在哲學領域上，絕非政治上。在哲學理論上，海德格比我更爲唯理主義。我們的風格和信念完全不同，我舉個例，譬如柏拉圖，我一直對詩和哲學之間的距離有興趣，對柏拉圖便比對亞里斯多德著迷得多，但是海德格便只看得上亞里斯多德，海德格從來未重視過柏拉圖，認爲柏拉圖充其量只是亞里斯多德派的一個學生。

問：您在您最重要的一本著作《眞理與方法》中談及成見，您這一生中有過任何錯誤的成見嗎？

答：我仍然認爲，我們必須分辨正確的成見與錯誤的成見，只有如此，才能明白事實，認知眞理。

問：人類即將進入公元兩千年，談及眞理，您認爲科學能指引我們尋求眞理之路嗎？

答：這要看什麼是眞理。如果你深切地看待科學的本質，那裡只剩下純粹的數學，其他的科學不是科學，連邏輯學也只是虛構，具有演繹的元素罷了。

問：詩可能成爲科學家使用的一種研究元素嗎？

答：可能。因爲科學只會跟隨科學的眞理，那只是邏輯，人爲的能力訓練。但我並未看輕科學。雖然我認爲大部分科學研究像自慰，你不可能以科學尋找到眞理，人類若沒有詩的指引，將極難找到眞理。譬如我讀杜斯妥也夫斯基的作品，我常以爲，那比任何科學更準確，在我的哲學概念中，藝術性總是高於一切。

問：人類已走進廿一世紀，全球化的腳步不斷地加快，您不覺得柏拉圖或杜斯妥也夫斯基是老舊的東西嗎？

答：那也要看「全球化」所指爲何，我不信任「全球化」這名詞。我認爲任何界限消失之後總會有新的界限產生，這是一種無法阻擋的現象，我也希望沒人可阻擋這種現象。事實上，人類只能透過界限來了解自己，如果一直處於異化的境界，將無法及無地著力，雖然擴張將使我們逐漸明瞭生命，但是我們也必須明白知識是有界限的。

問：但人類對知識的追求不正因爲想要超越知識的界限和藩籬嗎？

答：當然我們想超越知識的界限，但同時我們也認知我們無法超越界限。讓我們回到人類生命的界限好了，幾乎無人可以超越死亡的界限，我也無法超越。這是基本條件，也是人類發展的基礎。

問：在網際網路上，人們已經發明一種程式可以算出自己的死亡時間。

答：那太好了（笑）。你看，這是我們這個時代的愚蠢。知識和資訊並不是同一個東西，資訊剛好是知識的反面，如果人類得到過多資訊，那麼他將不需要知識，如果人類只能得到資訊，而不能獲得進一步的內容，那資訊氾濫只會愚化人類，阻止人類思考。

問：您認爲傳統價值對未來發展將產生什麼作用？

答：我們在談傳統價值時，美國人早已在另外的星球開發研究了。這是無可避免的發展。人類受苦正因傳統價值不但不夠深入，反而愈來愈弱化，這裡不是指民族主義。我認爲只有透過傳統人文價值，人類才可能維護瀕臨存亡的人性，在這一點，沒有任何人可以免除這項試煉。

（二〇〇〇）

國家圖書館出版品預行編目資料

我的抒情歐洲／陳玉慧著；－－初版.－－臺北市：大田出版；臺北市：知己總經銷，民 95
面；　公分.－－(智慧田；074)

ISBN 978-986-179-018-3(平裝)

855　　95014238

智慧田 074

我的抒情歐洲

作者：陳玉慧
發行人：吳怡芬
出版者：大田出版有限公司
台北市 106 羅斯福路二段 95 號 4 樓之 3
E-mail:titan3@ms22.hinet.net
http://www.titan3.com.tw
編輯部專線（02）23696315
傳真（02）23691275
【如果您對本書或本出版公司有任何意見，歡迎來電】
行政院新聞局版台業字第 397 號
法律顧問：甘龍強律師

總 編 輯：莊培園
主　　編：蔡鳳儀
企劃統籌：胡弘一
編　　輯：蔡曉玲
校對：陳佩伶／謝惠鈴／余素維／陳玉慧
印製：知文企業（股）公司・(04)23581803
初版：2006 年（民 95）9 月 30 日
定價：新台幣 220 元

總經銷：知己圖書股份有限公司
（台北公司）台北市 106 羅斯福路二段 95 號 4 樓之 3
電話：(02)23672044 ・ 23672047 ・傳真：(02)23635741
郵政劃撥戶名：知己圖書股份有限公司　帳號：15060393
（台中公司）台中市 407 工業 30 路 1 號
TEL:(04)23595819　FAX:(04)23595493

國際書碼：ISBN 978-986-179-018-3- /CIP: 855/95014238
Printed in Taiwan

廣　告　回　郵
北區郵政管理局登
記證北台字1764號
免　貼　郵　票

※請沿虛線剪下，對摺裝訂寄回，謝謝！

大田出版有限公司　編輯部收

地址：台北市106羅斯福路二段95號4樓之3
電話：（02）23696315-6　傳真：（02）23691275
E-mail：titan3@ms22.hinet.net

地址：..............................

姓名：..............................

TITAN
大田出版

智　慧　與　美　麗　的　許　諾　之　地

＊請沿虛線剪下，對摺裝訂寄回，謝謝！

閱讀是享樂的原貌，閱讀是隨時隨地可以展開的精神冒險。

因為你發現了這本書，所以你閱讀了。我們相信你，肯定有許多想法、感受！

讀 者 回 函

你可能是各種年齡、各種職業、各種學校、各種收入的代表，
這些社會身分雖然不重要，但是，我們希望在下一本書中也能找到你。

名字／＿＿＿＿＿＿＿ 性別／□女 □男　出生／＿＿年＿＿月＿＿日

教育程度／＿＿＿＿＿＿＿＿

職業：□ 學生　□ 教師　□ 內勤職員　□ 家庭主婦
□ SOHO 族　□ 企業主管　□ 服務業　□ 製造業
□ 醫藥護理　□ 軍警　□ 資訊業　□ 銷售業務
□ 其他＿＿＿＿＿＿

E-mail/＿＿＿＿＿＿＿＿＿＿＿＿ 電話/＿＿＿＿＿＿＿

聯絡地址：＿＿＿＿＿＿＿＿＿＿＿＿＿＿＿＿＿＿＿

你如何發現這本書的？　**書名：我的抒情歐洲**

□書店閒逛時＿＿＿＿書店 □不小心翻到報紙廣告（哪一份報？）＿＿＿＿

□朋友的男朋友（女朋友）灑狗血推薦 □聽到 DJ 在介紹＿＿＿＿＿＿

□其他各種可能性，是編輯沒想到的＿＿＿＿＿＿＿＿＿

你或許常常愛上新的咖啡廣告、新的偶像明星、新的衣服、新的香水……
但是，你怎麼愛上一本新書的？

□我覺得還滿便宜的啦！ □我被內容感動 □我對本書作者的作品有蒐集癖

□我最喜歡有贈品的書 □老實講「貴出版社」的整體包裝還滿 High 的 □以上皆非 □可能還有其他說法，請告訴我們你的說法

＿＿＿＿＿＿＿＿＿＿＿＿＿＿＿＿＿＿＿＿＿＿＿＿＿＿

你一定有不同凡響的閱讀嗜好，請告訴我們：

□ 哲學　□ 心理學　□ 宗教　□ 自然生態　□ 流行趨勢　□ 醫療保健
□ 財經企管　□ 史地　□ 傳記　□ 文學　□ 散文　□ 原住民
□ 小說　□ 親子叢書　□ 休閒旅遊□ 其他＿＿＿＿＿＿＿

一切的對談，都希望能夠彼此了解，否則溝通便無意義。
當然，如果你不把意見寄回來，我們也沒「轍」！
但是，都已經這樣掏心掏肺了，你還在猶豫什麼呢？
請說出對本書的其他意見：

大田出版有限公司編輯部 感謝您！